KB075813

인문학자와 자연과학자의
꽃으로 세상을 보는 법

인문학자와 자연과학자의
꽃으로 세상을 보는 법

초판 1쇄 발행 2015년 12월 28일
초판 2쇄 발행 2016년 10월 21일

지은이 이명희 정영란

발행인 정중모
발행처 도서출판 열림원
출판등록 1980년 5월 19일 제406-2000-000204호
주소 경기도 파주시 회동길 121 (문발동)
전화 031-955-0700 팩스 031-955-0661~2
홈페이지 www.yolimwon.com
전자우편 editor@yolimwon.com
페이스북 /yolimwon

제작처 에스제이피앤비 서정바인텍 북웨어
용지 랑데뷰 210g(표지) 에코포레 78g(본문)

● 저자와 출판사의 서면 허락 없이 내용의 일부를 무단 인용하거나 발췌하는 것을 금합니다.

● 이 도서의 국립중앙도서관 출판예정도서목록은 서지정보유통지원시스템 홈페이지(seoji.nl.go.kr)와 국가자료공동목록시스템(nl.go.kr/kolisnet)에서 이용하실 수 있습니다. (CIP제어번호: CIP2015033277)

● 책값은 뒤표지에 있습니다. 잘못된 책은 구입하신 곳에서 교환해 드립니다.

ISBN 978-89-7063-993-2 03810 © 이명희 & 정영란, 2015 / 이 책의 저작권은 저자에게 있습니다.

만든 이들 _ **편집** 박은경 이지연 **디자인** 강희철 **표지 일러스트** © 나요

인문학자와 자연과학자의

꽃으로 세상을 보는 법

이명희 정영란

열림원

꽃의 일생

꽃은 초록 잎으로 둥글게 감싸인 속에서 어린애같이
불안스럽게 주변을 둘러보지만 자세히는 보지 못한다.
빛의 파도에 휩쓸린 것 같고
낮과 여름이 이해할 수 없게 파래지는 것을 느낀다.

빛과 바람과 나비가 꽃에게 사랑을 구한다.
최초의 미소 속에 꽃은 삶을 향해 불안한 가슴을 열고
꿈의 연속처럼 짧은 수명에
몸을 맡겨야 하는 것을 알게 된다.

지금 꽃은 함박웃음을 짓는다. 그리고 그 빛깔이 달아오르고
꽃받침에는 금빛 꽃가루가 넘친다.

– 헤르만 헤세

추천의 글

꽃은 지지 않는다, 다만 꽃잎이 떨어질 뿐

수년 전 조그만 정원이 딸린 집으로 이사 온 후, 정원을 가꾸는 일은 나의 주요 일과 가운데 하나가 되었다. 원래 자리하고 있던 나무들 사이로 과일나무를 새로 심고 예쁜 꽃밭을 가꾸고 잔디에 물을 주면서, 매일매일 나무와 꽃들이 자라고 변하는 모습을 바라보는 것은 일상의 기쁨이었다. 그러나 단지 그뿐이었다. 꽃과 나무들은 그저 내가 가꾸고 돌보는 대상으로서 자연이었다.

『인문학자와 자연과학자의 꽃으로 세상을 보는 법』을 읽은 뒤로는 꽃과 나무를 대하는 나의 태도가 달라졌다. 꽃의 이야기에 관심을 갖고 그들의 속삭임을 듣기 시작한 것이다. 그러자 정원은 이에 화답이라도 하듯 비밀의 문을 열어주기 시작했다. 그 비밀의 문을 열고 들어서서 걷다 보면 정원은 갑자기 넓은 들판으로 변한다. 그 안에 계절을 향해 난 길이 길게 뻗어 있고, 그 길을 걷다 보면 그들의 이야기가 들려온다. 생명을 지키기 위한 노력과 기다림, 세월이 그들의 몸에 남기고 간 슬프고 애달픈 사연들. 이야기와 함께 뿜어나오는 향기는 내 머리를 자극해 한동안 잊고 있던 먼 기억을 불러일으킨다. 잠시 상념에 잠겼다가 눈을 떠보면 그들은 애처로운 눈길로 나를 바라보며 위로해준다.

'걱정 말아요. 당신은 움직이는 꽃이고 우린 여기에 서 있는 꽃이에요. 지치고 힘들 때 언제든지 우리 옆으로 오세요. 친구가 되어드릴게요.'

꽃 친구들은 한결같다. 수다스럽지도 않고 냉정하지도 않다. 그저 자기 자리를 지키며 묵묵히 자기 일을 할 뿐이다. 친구가 된다는 것, 우정을 쌓는다는 것은 서로를 알아가는 것. 그리고 서로 사랑을 키워가는 것이다. 그들의 이야기에 귀를 기울이도록 나를 안내해준 이 책에 감사한다.

『인문학자와 자연과학자의 꽃으로 세상을 보는 법』은 30년 지기인 두 친구가 꽃과 나무에 대한 이야기를 나누면서 비로소 서로를 재발견하고 상대방의 영혼에 가 닿아 함께 성장하는 이야기를 담았다. 두 친구는 서로 다른 관점에서 사물을 본다. 한 친구는 자연과학자로서 발생학적, 기능적 측면에서 사물을 보는 데 익숙하다. 또 다른 친구는 인문학자로서 존재의 이유와 의미를 추구하는 데 익숙하다.

그들은 그렇게 자신이 봐온 방식대로 똑같은 꽃과 나무를 바라본다. 자연과학을 전공한 친구는 꽃이 현재의 모습을 띠게 된 경위를 진화론적인 시각으로 보면서 그들의 살아가는 방식을 통해 우리 인간의 삶의 방식을 읽어낸다. 그는 매화에서 기다림의 미학을 읽어내고 아름다움은 영원히 죽지 않으며 오히려 나이가 들수록 더 깊어짐을 본다. 반면 인문학자는 꽃이나 나무에 연관된 문학이나 예술의 이미지를 통해 삶의 아픔과 허무함, 그리고 향기를 읽어낸다. 그는 매화에서 님을 향한 충절과 그리움, 그리고 매화 한 송이 한 송이가 지고 있는 삶의 무게를 읽어낸다.

시들지 않은 절정의 붉은색을 안은 채 떨어지는 동백꽃에서 자연과학자 친구는 자신의 색을 잃지 않기 위한 결연한 선택을, 인문학자 친구는 결연한 작별을 본다. 꽃과 나무에 대한 동서고금을 넘나드는 저자들의 해박한 지식과 놀라운 직관력과 상상력은 목련을 쓰다듬고, 산수유 꽃잎을 입김으로 흩어놓고, 음나무 가시를 품으러 달려간다. 이렇게 꽃에 대한 그들의 이야기는 펼쳐졌다 모이기를 반복하면서 이어지고, 서로 다른 음색을 지닌 목소리는 하모니를 이루어 아름다운 이중창이 된다.

자연과학이나 인문학 모두 인간과 세상을 이해하기 위한 학문이다. 보는 방향이 다를 뿐 둘은 인간이라는 점에서 하나로 만난다. 두 사람이 풀어놓는 이야기는 우리를 꽃과 나무의 보이지 않는 내밀한 세계로 안내한다. 꽃과 친구 되기. 그것이야말로 두 저자가 우리에게 건네고 싶었던 말일 것이다.

꽃은 사람과 사람 사이를 연결해주는 역할을 한다. 사랑을 고백하기 위해, 무언가를 축하하기 위해 우리는 꽃을 선물한다. 그것은 꽃이 아름다움과 생명력, 기다림과 순응, 더불어 살아가는 삶 등의 미덕을 보여주는 상징적인 존재이기 때문일 것이다.

꽃은 결코 지지 않는다. 단지 꽃잎이 질 뿐이다. 꽃은 우리 가슴에 남아 내년을 준비한다. 다음 계절에 더 아름다운 꽃으로 피어나기 위해…….

2015년 겨울

김 혜 남*

* 정신과 의사 · 작가. 『서른 살이 심리학에게 묻다』, 『오늘 내가 사는 게 재미있는 이유』 등을 펴냈다.

프롤로그

꽃이 진다고 나를 잊은 적 없다*

나는 '보따리장수'라고 불리는 지식노동자, 대학 강사 생활을 아주 오랫동안 했다. 연구만을 하기 위한 여건이 녹록하지 않았다. 꽃을 보고 살 시간이 없었다. 힘들 때면 어렸을 적 국어 시간에 외웠던 "고지가 바로 저기인데 예서 말 순 없다"는 노산 이은상의 시조를 기도문처럼 의지했다.

반 평의 연구실을 갖게 되기까지 무려 47년이나 걸렸으니 대기만성도 너무 대기만성이다. 그러다 보니 깨달은 것이 하나 있다. 누구나 제때가 되어야 만날 사람을 만나고, 떠나보낼 것들을 떠나보내게 되어 있다는 사실이다. 사람도 그렇고 일도 그렇다.

김춘수는 「꽃」에서 "너는 나에게 / 나는 너에게 / 잊혀지지 않는 하나의 의미가 되고 싶다"고 말했다. 내가 힘들었던 시간을 버텔 수 있었던 건, 이름 모를 꽃들에게 건넨 독백 때문이었다. 나도 언젠가 의미 있는 삶을 살겠다고 수많은 꽃들을 앞에 두고 다짐했었다. 그것이 유일하게 내가 꽃과 만나는 방법이었다.

고개 들어 세상을 보니, 보지 못했던 꽃들도 보이기 시작했다. 이제 자세히 봐야겠다. "자세히 보아야 예쁘다 / 오래 보아야 사랑스럽다"고 촌철살인으로 읊었던 나태주의 「풀꽃」의 구절처럼 말이다.

나에겐 올해로 32년 된 지음(知音)이 있다. 바로 이 글의 공저자이다. 다혈질인 내 성격이 몹시도 그녀를 시달리게 했을 텐데 지음은 내 말을 늘 잘만 들어준다. 내가 대학원에 진학하여 문학을 공부하고 이후 연애 삼매경에 빠져 세상을 주유하는 동안, 지음은 약대를 졸업하고 비교적 안정적인 회사에 취직한 뒤 별안간 시집이라는 것을 훌쩍 가버리더니만 아이 둘을 낳고, 탈상(脫喪) 때까지 아침저녁으로 시어머니 상식(上食)에, 수많은 제사에, 장손 집안의 맏며느리 역할을 해내고 있었다.

어느 날 그녀의 집에서 사진첩을 살피게 되었다. 그 안에는 다른 세상이 봉합되어 있었다. 아이들을 데리고 과학 교실에 참여하거나 산으로 들로 다니면서 들꽃 사진을 열심히 찍은 모양이었다. 고개가 땅에 닿도록 몸을 최대한 굽힌 채 셔터를 눌러댔을 그녀의 모습이 상상되었다. 그 숙인 자태가 바로 꽃같이 느껴져 모골이 송연해졌다. 누구의 아내, 엄마, 며느리가 아닌 오롯한 친구의 모습이 내 앞에 나타난 것이다. 십 대부터 보아온 친구라서 도리어 그녀가 누구인지 제대로 알려고 노력하지 않았던 걸까? 아이들 교육을 계기로 시작한 들꽃 탐방은 그녀가 좋아하는 놀이였고, 오랫동안 가까이 사귄 친구처럼 꽃과 풀들을 그려내고 사진기로 찍어내고 이해해왔다.

충북 괴산에서 지인들과 꽃과 숲에 관해 담소를 나누는 동안 지음의 탁견은 빛을 발하였다. 그녀의 생태에 관한 식견이, 단순히 공부하는 이가 아닌 즐기는 이로서의 감성과 어우러져 폭넓고 깊이 있음을 발견한 순간이었다. 가족보다 속속들이 안다 생각했던 그 친구의 알맹이를 이제야 들여다보게 된 것이다. 딸아이 교육으로 힘들어했던 지음에게 내가 교육자랍시고 조언할 때에도, 친구가 무슨 생각을 하며 중년을 넘어가고 있는지, 그녀의 꿈과 미래와 재능에 대해 우리는 대화를 나눈 적이 없었다. 우리의 어머니, 할머니가 살았던 것처럼 가족관계 안에서 여자로서의 삶에 대해서만 고민을 나눠왔던 것이다.

생각 끝에 나는 기왕이면 숲 공부를 본격적으로 해보는 것이 어떻겠냐고 지음에게 제안하였고, 얼마 후 친구는 새로이 산림치유학 박사과정에 진학하였다. 우리는 이렇게 세상 어디에도 없는 꽃이 되어주기로 하였다.

가족을 위해 살면서도 자신이 원하는 일을 포기하지 않는다면, 공적인 인증과 상관없이, 경력 단절이란 있을 수 없다. 인생은 피는 꽃, 지는 꽃, 그리고 하염없이 서 있는 나무들과 닮았다. 꽃은 누가 알아주든 못 알아주든 자신의 계절에 맞게 꽃을 피우고 소명을 다한다. 이 책에서 우리는 피어난 꽃뿐 아니라 지고 난 꽃에 대해서도 이야기하려 한다. 꽃 중에 제일은 분명 사람이다.

꽃으로 세상을 보는 인문학자
이 명 희

생물 수업시간, 하트 모양의 씨방 안에 자리 잡고 있는 씨앗을 본 순간 느낀 경이로움으로 식물에 대한 나의 첫사랑이 시작되었다. 길을 돌고 돌아 이제 다시 그 앞에 선다. 사랑은 가장 적절한 시기에 가장 절실한 모습으로 다가온다.

학업을 마치고 스물일곱 살이 되던 해에 결혼해서 아이를 낳고 기르며 정신없이 세월이 갔다. 그리고 십 년이 지난 서른일곱, 그 해에 친구는 미국으로 유학을 갔다. 유학 중 편지에 그렇게 썼다. 몸은 너무 힘들지만 영혼은 맑아지는 것 같다고. 그러고는 미국에서 돌아와 결혼을 하겠다고 했다. 열한 살 연하의 남자와. 그녀의 남편은 나에게 그녀만큼이나 귀한 또 한 명의 친구가 되었다. '진정성'이라는 것을 온몸으로 느끼며 살아가는 두 사람, 그들을 더 이상 따로 떼어 생각할 수 없다.

친구는 늦은 나이에 학교에 자리를 잡았다. 조금의 편법도 허용하지 않고 그 자리를 가졌다. 유학에서 돌아온 후 친구의 정신은 더욱 명료해졌고 삶의 진정성은 더욱 치열해졌다. 나의 첫째 아이가 대학을 갔을 때 우리는 괴산으로 여행을 갔다. 늦은 저녁에 차를 마시며 꽃 이야기를 하게 된 이후, 만남과 이야기는 지난 세월을 한꺼번에 벌충하듯 꼬리에 꼬리를 물고 날아갔다. 마침내 친구도 꽃을 알고 싶다면서 숲연구소의 입문 과정을 같이 공부했다. 나를 이해하기 위한 과정이었을 것이다. 내친김에 나는 전문가 과정까지 공부했다. 어느 날 친구는 나에게 박사과정에 들어가지 않겠냐고 제안했고 나는 의지를 갖고 진학했다.

나의 인생은 이렇게 제2막을 열어젖혔다. '거부할 수 없는 운명'임을 우리는 직관적으로 깨달았다. 그 뒤로 모든 일이 운명처럼 진행되었고 친구는 나를 위한 협력과 조언을 아끼지 않았다. 급기야 꽃에 대한 책을 같이 내자고 제안했다. 친구의 격려에 힘입어 나무와 풀과 꽃들과 속으로 웅얼거리던 대화들을 활자로 풀어놓기 시작했다. 나는 팅커벨의 마법에 걸렸고 인생의 계절이 바뀌었다.

친구와 겨울 여행을 했다. 똑같은 겨울 파카를 입고 여고생처럼 깔깔거리며 다닌 여행은 충만하고 행복했다. 부안의 직소폭포에서 내려오는데 어느새 어둠이 내렸고 우리는 말없이 길을 걸었다. 친구가 옆으로 다가오더니 작은 소리로 말을 건네며 손을 잡았다.

"친구야, 같이 여행 와줘서 고맙다."

입술을 떼면 눈물이 떨어질 것 같아 손을 꼭 맞잡는 것으로 대답을 대신할 수밖에 없었다. 친구와 글을 쓰기로 하면서 산과 나무와 들꽃이 그동안 나에게 수런수런 들려준 이야기를 풀어내기 시작했다. 어린싹이 언 땅을 뚫고 올라올 때의 생명력과 꽃들이 한 생애를 어떻게 살아내는지, 남은 씨방이 얼마나 아름답고 숭고한지에 대해서도. 숲이 들려주는 씨방 이야기를 듣게 된 것은 꽤나 오랜 시간 나무와 풀을 만나고 다닌 뒤였다. 어쩌면 숲은 계속 말하고 있었는데 내가 들을 준비가 미처 안 되었던 모양이다.

이 글을 쓰면서 식물의 약효나 쓰임새는 되도록 쓰지 않으려 했다. 요새는 몸에 좋다고만 하면 마치 불로초라도 되는 듯이 샅샅이 뒤지는 이들이 많아 식물의 수난으로 이어지곤 하기 때문이다. 이 책에서는 식물의 살아가는 모습에 눈을 맞추고 귀를 기울이며 살갑게 다가가고자 했다.

우리들의 '피는 꽃과 지는 꽃' 이야기로 행복해지고 용기 내는 여성들이 이 땅에 많아졌으면 하는 바람이다. 꽃 중의 꽃은 사람이다. 우리들의 꽃 이야기가 친구가 나에게 내밀었던 그러한 손이 되었으면 좋겠다. 나도 너에게 꽃이 되고 너도 나에게 꽃으로 다가온다. 나무와 꽃과 풀들로 인해 애씀 없이 행복했으면 좋겠다.

꽃으로 세상을 보는 자연과학자
정 영 란

* 정호승 시 「꽃 지는 저녁」 중에서 '꽃이 져도 나는 너를 잊은 적 없다'라는 구절 변용.

/
목
차
/

01

매화,
꽃이 잎보다 먼저 찾아오는 이유

사람 인생의 절정도 꽃의 개화처럼 시기가 다르다. 아기가 태어나 걸음을 뗄 때까지 수백 번을 넘어져도 엄마 아빠는 기꺼이 기다려주었다. 늦게 걸음마를 떼었다고 해서 달리기 선수가 될 수 없는 것은 아니다. 사람도 다르고, 사랑도 다르고, 기다림도 다르다.

자연과학자가 배운 기다림의 가치

매화는 잎을 내기 전에 꽃을 피운다. 다른 꽃들이 피어나기 전이어서 곤충을 유혹하기에 경쟁률 측면에서 매우 효율적이다. 매화나무를 비롯해서 산수유나무, 생강나무, 올괴불나무 등도 잎을 내기 전에 부지런히 꽃을 피운다.

대부분의 식물은 잎이 먼저 나고 꽃이 핀다. 잎을 통해 광합성을 하고 양분을 만들어 꽃을 피운다. 그러나 이른 봄꽃들은 그럴 시간의 여유가 없다. 곤충들을 선점하여 가루받이에 성공하기 위해서이다. 그래서 꽃이 지고 난 뒤부터 만든 양분을 저장해두었다가 이듬해 봄꽃을 피우는 데 이용한다. 잎을 내어 광합성을 하기 전에 생식기관인 꽃을 먼저 피운다는 것은 종족번식을 우선순위에 두고 성장을 후순위로 미루는 것이다. 다른 백매화와 청매화. 꽃잎의 색은 둘 다 흰색이지만 꽃받침의 색이 다르다.

나무들과 경쟁을 피하는 식물의 전략인 셈이다. 수요 공급의 법칙이 이른 봄, 꽃들과 그 매개체 사이에서도 성립된다. 작은 봄꽃들은 왜 성급히 꽃을 피울까 하는 의문에 대하여 답을 구하다 보면 수 세기에 걸쳐 진화한 그들의 계획에 놀랄 수밖에 없다.

자연을 이루는 모든 종은 경쟁에서 살아남은 존재들이다. 유행이나 대세를 따르지 않고 자기들의 환경과 생존에 가장 적합한 순서를 안다. 꽃을 빨리 피우는 것이 나을까, 양분을 모았다가 나중에 꽃을 피우는 것이 현명할까? 빨리 피는 꽃은 다른 꽃이 피기 전에 진다. 그러나 주목받는 생을 산다. 꽃이 많이 피는 시기에는 곤충 역시 많은 시기라 꽃들도 여유가 있어 보인다. 지구 상의 꽃들은 한 번에 피었다가 한 번에 지는 어리석은 일은 하지 않는다. 모든 꽃이 일 년 내내 피어 있지도 않다. 사람

인생도 꽃의 개화처럼 절정의 시기가 다르다. 피어 있는 기간도 다르다. 피는 시기나 기간으로 가치를 평가할 수 없다는 것은 사람이나 꽃이나 다르지 않다. 내 인생은 꽃이 먼저일까, 잎이 먼저일까?

봄을 맞는 우리 선조들의 예식은 풍류 그 자체였다. 여든한 장의 매화 꽃잎을 그린 백매화(白梅花) 그림인 〈구구소한도(九九消寒圖)〉를 벽에 붙여두었다. 여든한 장의 꽃잎이 찬 기운을 소멸시킨다는 뜻이니, 남아 있는 겨울도 매일 한 걸음씩 물러갈 준비를 할 것이다. 동지 이튿날부터 꽃잎을 한 장씩 붉게 칠해서 마지막 꽃잎까지 색칠을 완성해, 벽 위의 매화나무가 붉은 꽃을 가득 피우면, 때는 경칩과 춘분의 중간쯤에 이른다. 비로소 〈구구소한도〉를 떼어내고 창문을 열면 그림 속 매화가 창밖

〈구구소한도〉. 기다림의 예식.

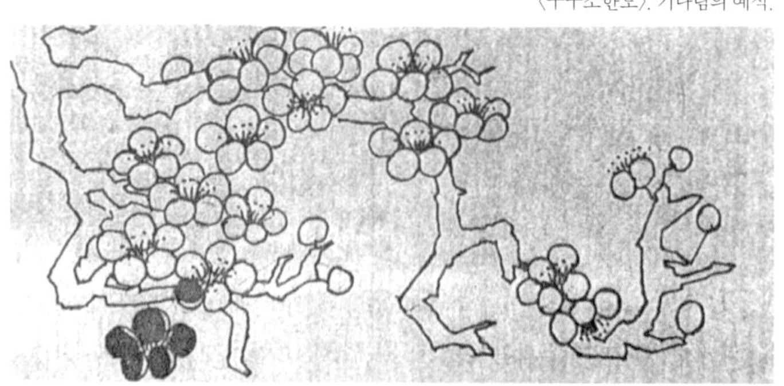

의 뜰에서 꽃을 피우고 있다고 한다. 기다림 끝에 만나는 계절이기에 더 반가운 자연의 선물이다.

꽃은 여름에도 피고 가을에도 피건만, 심지어 꽃의 종류는 여름꽃이 가장 많음에도 사람들이 봄꽃에 더 열광하는 이유는 기다림이 더 길고 간절하기 때문이다. 찰나의 아름다움은 치명적이고, 긴 기다림 끝의 만남은 더욱 귀하다. 초봄에 피는 꽃들은 화려하지 않고 크기가 작아도 배경이 무채색에 가까운 탓에 관심을 끌기에 부족함이 없다. 매화는 곧 뒤따라 필 벚꽃에게 자리를 내어줄 것이다. 매화는 전채요리나 전주음악 같은 아쉬움을 남기고 내년을 기약하며 사라진다.

기다림……. 아기가 태어나 걸음을 뗄 때까지 수백 번을 넘어져도 엄마 아빠는 기꺼이 기다려주었다. 늦게 걸음마를 떼었다고 해서 달리기 선수가 될 수 없는 것은 아니다. 사람도 다르고 사랑도 다르고 기다림도 다르다. 인내할 줄 모르고 기다림의 시간이 허락되지 않는 가운데 방황하는 우리는 여전히 꽃 피울 시간을 탐색하고 있다.

매화는 가장 일찍 꽃이 피는 나무 중 하나다. 매화 애호가들은, 매화나무는 가지가 번성한 것보다 드문 것이, 어린 나무보다 늙은 나무가, 비만한 것보다 마른 것이, 만개한 꽃잎보다 오므린 꽃이 귀하다고 말한다. 나무는 오래 묵은 고목이지만 피어난 꽃은 새로워서 더욱 아름답다. 풍성하고 건강하고 굵은 가지에서 하나 가득 꽃이 피어야 아름다운 것으로 보는 요즘의 시각과는 사뭇 다르다.

보다 많은 것, 젊은 것, 있는 것을 한껏 자랑하고 늘어놓아 펼쳐보이는 것이 어느새 우리 삶의 목표가 되고 방향이 되어버린 지금, 매화는 무엇이 진정한 아름다움인지 반추하게 만든다. 누구라도 마음만 먹으면 지난 세월을 반납시켜주겠다는 유혹의 광고가 버스 한 자리를 채워도 특별할 것이 없는 시대. 나이보다 젊어 보인다는 칭찬은 기쁜 것이지만 매화가 고목에서 피어나듯, 연륜에서 뿜어져 나오는 정열은 젊음의 정열만큼, 혹은 그보다 더 깊고 강하다. 땅은 지층의 역사로, 나무는 나무껍질 속 나이테로, 사람은 눈가의 주름의 깊이와 개수로 삶을 증명한다.

아무리 오래 보아도 아름답고, 알아갈수록 매력적인 꽃이 매화이다. 매화는 알아야 더 깊이 사랑할 수 있다. 오래 보아야 더 사랑스럽다. 그렇다면 우리들은 서로 오래 보고 세월이 지날수록 사랑하고 있을까? 20년이 넘는 결혼 생활은 많은 부부들로 하여금 상대방을 가구처럼 보게 만드는 듯하다. 한 검색엔진에 '부부 20년'이라는 키워드를 입력하면 '이혼'이라는 연관어가 따라 나온다. 나무의 꽃은 매년 피지만 그 꽃은 작년의 꽃이 아니고, 내년의 꽃으로 다시 피어나지도 않는다. 나무는 고목이라도 피어나는 꽃은 매년 새로운 꽃이다. 우리는 서로를 신선

함 없는 어제와 같은 꽃으로 바라보지 않았을까? 새로 피어난 꽃도 작년의 꽃과 똑같게 보지 않았을까? 꽃의 한쪽 모습만 보고 있지는 않았을까? 매화는 앞태도 아름답지만 춘향이도 울고 갈 고운 뒤태를 갖기도 했다. 햇살이 꽃잎을 투과하니 꽃잎의 선은 더욱 선명하다.

매화는 싸늘한 공기 속에서 피기 때문에 더 매력적이다. 초봄에 눈이라도 내려준다면 꽃과 눈의 대비가 만든 아름다운 설중매를 만날 수 있다. 혹독한 겨울을 이기고 이른 봄 도도히 꽃을 피워낸 모습 덕분에 매화는 절개, 충절의 상징이 되었다. 추운 겨울 잘 이겨내고 나온 녀석들에게 잘 견뎠다고, 삶이 겨울일 때 우리도 그렇게 기다려보겠다고, 눈길 한 번 따스하게 건네며 기다림의 가치를 배운다.

인문학자가 본 한 뜻을 지켜내는 마음

매화(梅花)에 봄사랑이 알큰하게 펴난다
알큰한 그 숨결로 남은 눈을 녹이며
더 더는 못 견디어 하늘에 빰을 부빈다
시악씨야 하늘도 님도 네가 더 그립단다
매화보다 더 알큰히 한번 나와 보아라.

– 서정주, 「매화」 중에서

남도 시인 서정주의 매화는 알큰한 멋과 맛을 지니고 있다. 봄사랑은 풋풋하니 덜 익은 사랑인데, 그 마음만은 매실처럼 새콤달콤 알큰하여 여운이 오래간다. 못 견디는 사랑, 그래서 매화 향기에선 가신 님의 내음새가 그리움으로 피어난다. 그러니 매화 같지만 매화보다 더 알큰한 그 사랑 한번 수월찮이 힘들다. 사랑이 다 그런가 보다.

속치마보다 더 얇고 아롱진 매화 꽃잎은 바라만 보고 있어도 정신이 혼미한데, 얇은 비단(薄紗)을 자주 보지 못했던 선비들 마음을 흔드는 것쯤이야 당연하지 않았을까. 우리 선비들은 꽃 중에 가장 먼저 피는 매화를 사랑했다. 게다가 악조건에서 꽃을 피운다는 점에서 더 사랑받는 꽃이요 나무였다. 그리고 매화의 향기나 매무새, 단아한 분위기까지. 예나 지금이나 일등을 좋아하는 마음은 어쩔 수 없다.

냉랭한 겨울 공기를 가르며 어리고 성긴 가지를 피워내고, 게다가 애처로운 꽃송이마저 보여주니, 그 향기는 매화의 절개와 미모를 알아보는 이에게만 허락된다. 매화의 미모를 살펴보면, 매(梅)는 중국의 한자 '눈썹 미(眉)'와 같고 발음도 같아, 눈썹이 하얗게 변할 때까지 무병장수하라는 기원을 담고 약속처럼 새해에 다시 피어나라는 마음을 담아 충의와 절개, 지조를 상징한다. 오죽하면 선인들은 매화 향기마저 '매일생한불매향(梅一生寒不賣香)'이라 하여, 매화는 일생을 두고 춥게 지낼망정 향기는 팔지 않는다고 절개의 미덕을 주야장천 말하였을까? 절개의 미덕이란 그만큼 지키기 어렵다는 것인가?

자본주의 시대에 사람들은 팔 수 있는 것은 다 판다. 경제적 난관 때문에 자기 글을 파는 것을 매문(賣文)이라 하고, 곤궁의 문제로 자신의 피를 파는 것을 매혈(賣血)이라고 한다. 중국 작가 위화의 소설『허삼관 매혈기』에는 자식을 살리기 위해 가난한 아버지가 피를 파는 이야기가 나온다. 그러나 이런 애틋한 사연도 없이, 팔지 말아야 할 것들을 파는 파렴치도 있다. 나라를 팔아먹는 되먹지 못한 매국노까지 있으니 말이다.

매화조차 추울망정 자신의 향기를 팔지 않는 세상에 우리 인간은 도대체 무엇을 어떻게 팔고 있는 것일까? 다시 매창(梅窓)의 주변을 서성거리게 된다. 매화의 절개란 처음부터 없다. 매화는 절개를 위해 피는 것이 아니라, 제 소임을 제 시기에 다하는 것뿐이다. 기다려도 오지 않을 님을 기다리는 것은 오매불망 그 사람을 기다리는 것이 아니다. 그 사람을 사랑했던 내 뜻을 지켜가는 것이다. 한 사람을 기다리는 것이 아름다운 것이 아니라, 한 뜻을 꺾지 않고 지켜가는 것이 진정 아름다운 이유이다.

매화는 사군자의 하나로 뭇 선비들의 마음을 사로잡았을 뿐만 아니라 여인들의 춘정(春情)까지도 고스란히 잡아내었다. 부안이 낳은 기녀(妓女) 매창은 허난설헌, 황진이와 함께 예인으로 손꼽힌다. 그는 지조 있는 관기로 한시와 거문고에 능했다. 매창은 '매화나무 창가'라는 뜻으로, 이름에서부터 매화의 절개를 그대로 옮겨놓은 듯 어떤 위치에서건 기다림으로 살겠다는 의지가 역력하다. 매창은 예인으로서의 당당함과 정인에 대

꽃잎과 꽃받침이 모두 붉은 홍매화. 한 뜻을 지켜가는 것은 진정 아름답다.

한 절개 또한 곧았는데 이를 두고 지봉 이수광은 다음과 같이 기록했다.

계랑은 부안의 천안 기생인데, 스스로 매창이라고 호를 지었다. 언젠가 지나가던 나그네가 그의 소문을 듣고서는, 시를 지어서 집적대었다. 계랑이 곧 그 운을 받아서 응답하였다.

"떠돌며 밥 얻어먹는 법이라곤 평생 배우지 않고 / 매화나무 창가에 비치는 달그림자만 나 홀로 사랑했다오 / 고요히 살려는 나의 뜻을 그대는 알지 못하고 / 뜬구름이라 손가락질하며 잘못 알고 있구료."

–『매창 시집』 중에서

'매화나무 창가에 비치는 달그림자'라는 시구절의 주인공은 바로 당대 시로 세상에 이름을 떨쳤던 유희경이다. 매창은 남도 여행 중이던 유희경과 부안의 술자리에서 만나 마음을 주고받게 된다. 둘은 사랑을 나누었으나 기약 없이 헤어지게 되었다. 매창은 그와의 사랑을 잊지 않고 수절하였는데, 관기로서 수절이 얼마나 힘들었을지 짐작이 간다. 그 후 유희경은 임진왜란에 참가해 공을 세우고, 벼슬길에도 오르고, 오래오래 잘 먹고 잘 살았다는 이야기다. 그리고 이 남자를 사랑한 매창은 서른일곱 살에 세상을 뜬다. 여기서 서울 간 유희경이 매창을 잊지 못하고 썼다는 시 한 편을 보자.

그대의 집은 부안에 있고
나의 집은 서울에 있어
그리움 사무쳐도 서로 보지 못하고
오동나무에 비 뿌릴 젠 애가 끊겨라

– 유희경, 「계랑이 보고 싶어」 전문

옛날이나 지금이나 사랑하는 사이에 집이 멀다는 건 아무래도 큰 장애인가 보다. 장거리 사랑, 장거리 연애는 이래저래 힘들다. 눈에서 멀어지니 마음마저 멀어진다. 나는 유희경이 어떤 남자인지, 왜 서울 가서 연락하지 않았는지, 왜 저런 시를 쓰고만 있었는지 이해하고 싶은 마음이 없다. 그가 어디서 공을 세우고, 어디서 어떤 시를 쓰며 세상을 풍류하였건 그것은 그 남자가 사는 세상의 문법이다.

매창의 기다림은 애당초 허무한 기다림이었을 공산이 크다. 그 이유는 유희경이 유부남이었다는 것, 또 매창은 부안에 살고 유희경은 서울에 사는 스무 살 차이 나는 남자였으며, 임진왜란이라는 전쟁이 그들을 갈라놓았기 때문이다. 매창은 배꽃이 비처럼 떨어질 때 헤어진 님을 추풍에 잎이 떨어지는 가을까지 소식이 없어도 기다렸다. 매창은 유희경에게 준 마음을 거둘 줄 몰랐다. 기다림의 시간 따위는 상관없이 매창은 자신이 지니고 있는 마음 한 조각을 매일 이어가며 서른일곱 살에 생을 마감하였다. 그녀는 젊고 강했다. 사랑했던 님이 오든 오지 않든 매창은 자신이 심은 고귀한 마음을 들여다보고 또 들여다보았다. 매창의 절개는 한 남자를 사랑하니 마땅히 지켜야 하는 여인의 도리가 아닌 자신의 뜻과 마음 그 자체를 오롯이 지켜내고 있었다.

유희경은 전쟁에서 돌아와 늘그막에 도봉산자락 아래서 시를 짓고 살았다. 재미있는 것은 과거를 보는 현재의 눈이다. 도봉구와 부안군이 도봉산 입구에 '유희경 이매창 시비'를 세우고 문화교류를 시작한다는 소식을 들었다. 그 옛날 집이 멀어, 세상이 험해 못다 한 그들의 사랑이 이제 도봉구와 부안군의 노력으로 이루어질 수 있을까? 매화의 절개란 사람에 대한 절개가 아니라 자신의 뜻을 굳건히 지켜가는 것임을 살다 보니 알겠다. 또 그게 얼마나 어려운 일인지도. 또 집이 멀어 사랑하지 못할 사람이라면 아예 멀리하는 것이 상책이라는 것도 알겠다. 지금도 먼 사랑은 고달프다.

매화 사랑을 이야기할 때 빠지지 않는 사람이 있다. 민중화가 단원 김홍도인데, 그의 풍류는 내 남편만 아니라면 용서가 가능할 정도로 대단했다. 추사 김정희의 제자 조희룡의 『호산외사(壺山外史)』에는 매화를 사랑하는 김홍도의 일화가 기록되어 있다. 매화를 너무 좋아하지만 살 돈이 없었던 단원은 그림값으로 받은 3천 냥 중에 매화나무를 사는 데 2천 냥을 쓰고,

기분 좋아 8백 냥으로 친구들과 술 한잔을 했다. 매화를 즐기며 술 한잔을 하는 것을 '매화음(梅花飮)'이라 하는데 이를 그대로 보여준 것이다. 이 정도는 되어야 예술가적 열정이라고 말할 수 있지 않을까? 지금도 광적인 수집가들을 볼 수 있는데, 이는 정서지능과 창의성을 키우는 데에는 유효할 듯하다.

매화음의 최고봉은 현재(玄齋) 심사정(沈師正)의 〈선유도(船遊圖)〉이다. 파란 환란, 지금이라도 인생을 송두리째 집어 삼킬 것 같은 바다 위에 한 척의 배를 탄 선비 둘이 주안상을 차려놓고, 붉은 매화 한 번, 푸른 파도 한 번을 번갈아 본다. 우리 인생도 이같이, 소용돌이치는 일상사에서도 마음 하나 끄떡하지 않고,

조선 시대, 현재 심사정의 〈선유도〉. 요동치는 바다 위에서 한 송이 매화를 즐기는 마음.

술 한잔, 꽃 한 번 즐길 수 있는 마음을 옛 사람에게 배웠으면 좋겠다. 요동치는 바다 위에서 하필이면 한 송이 매화라니, 이육사가 읊었던 '암향(暗香)조차 부동(不動)터라'라는 구절을 그대로 보여주는 그림이다. 움직임 속의 고요인 '동중정(動中靜)'이야말로 고수가 사는 비법이다.

또 한 분 고수가 계시다. 조선 선비 중 매화 사랑으로 잘 알려진 이 분은 퇴계 이황이다. 그는 식물과 나무를 매우 사랑했으며 나이가 들수록 매화에 대한 애정이 각별하였다. 퇴계가 단양군수로 있는 동안 이미 아내와 자식을 잃고 슬픔에 젖어 있었는데 이때 두향이라는 여성과 사랑을 나누게 되었다. 두향 역시 시와 매화를 매우 좋아하는 여인이었다. 그러나 그들의 인연은 오래가지 않았다. 열 달 만에 이황은 풍기군수로 자리를 옮기게 되었는데, 어떤 것도 받지 않는 퇴계에게 두향이 준비한 이별 선물이 바로 매화였다. 이별의 의식으로 준비한 선물이 매화라니 실로 운치가 느껴진다. '이별에도 예의가 있다'는 것을 보여주는 듯하다.

안동의 도산서당 마당의 '매화원'의 매화는 이때 두향에게서 받은 매화로 추정된다. 매화에 관한 90여 수의 시조를 짓고 '매화시첩'이라고 제목을 붙인 것도 퇴계의 매화벽(梅花癖)을 엿볼 수 있는 대목이다. '매화꽃에 물을 주라'는 것이 퇴계의 유언이었다. '멜론 향기를 맡으며 죽고 싶다'던 시인 이상의 유언이 겹쳐진다.(그의 유언은 '레몬 향기를 맡으며 죽고 싶다'로 널리 알려져 있으나, 부안동 도산서당 '매화원'. 퇴계는 '매화꽃에 물을 주라'라는 유언을 남겼다.

인 변동림의 술회에 따라 '멜론 향기'라고 정정되었다.) 문인들은 죽음의 순간에도 이렇게 낭만적인가. 매화꽃에 매일 물을 주는 것처럼 일상에서 최선을 다하고, 좋아하던 멜론 향기를 맡으며 시를 쓰던 것처럼 한결같은 마음을 죽는 순간까지 간직하고 싶다는 희망은 조선 시대 유학자에게도 근대의 시인에게도 마찬가지였다. 로맨티스트는 해탈자의 다른 이름이었다.

눈을 감고 가만히 생각해본다. 정신없이 하루 일과를 마치고 정신없이 잠에 빠지는 일상이 반복된다면 죽음의 자리 역시 정신없이 맞게 될 수밖에 없다. 저 세상이 이 세상과 다를 바 없다는 초연함이 퇴계와 매화의 이심전심 아니었을까? 만나지 못할 줄 알면서도 그 기다림을 지켜가는 마음, 그렇게 살고 싶은 세상을 만들어가는 마음이야말로 매화 한 송이 벙그는 마음이려나. 마지막 순간을 이 세상에 걸쳐둘 내가 남길 말은 과연 무엇일까?

그러니까 이 매화 한 송이는
저 산 하나와 그 무게가 같고
그 향기는 저 강 깊이와 같은 것이어서
그냥 매화가 피었다고 할 것이 아니라
어머, 산이 하나 피었네!
강 한 송이가 피었구나! 할 일이다.

– 복효근, 「매화찬」 중에서

매화를 보며 사연을 담아낸 사람들의 마음과 모습이 귀하다. 산 하나 강 한 송이를 피워낸 매화 한 송이와 같이 살 수만 있다면, '마지막 남길 말'은 사족일 수밖에.

산과 강을 피워내는 매화 한 송이와 같이 살 수만 있다면.

02

동백,
지고 난 뒤 다시 피어나는 신비

열흘 붉은 그 가장 눈부신 순간에 스스로 목을 꺾는 동백의 모습은 가야 할 때가 언제인지 분명히 알고 가는 이의 아름다운 뒷모습과 닮았다. 취할 수 있는 것뿐 아니라 버릴 수 있는 것이 용기이다. 가장 눈부신 꽃은 가장 눈부신 소멸과 같다고 하지 않았던가.

동백은 향기가 없는 대신 처연히 붉은 빛깔로 동박새를 부른다. 동박새는 'Japanese White-Eye'라는 영어 명칭에서 나타나듯 눈에 하얀 테두리가 둥글게 나 있다. 연녹색의 등과 하얀 배를 가진 참새목의 작은 이 새는 곤충도 잡아먹지만 식물의 꿀도 좋아한다. 겨울의 끝자락에서 초봄 사이 동백꽃이 필 때엔 곤충의 수가 적다. 따라서 동백은 향기로 벌과 나비를 부르는 대신 강렬한 붉은색의 꽃잎과 풍성한 노란 수술로 새를 불러와 수정을 한다. 그리고 많은 꿀과 큰 꽃잎을 만든다. 붉은색은 새나 나비가 잘 포착할 수 있는 색이다. 반면 벌은 파란색이나 보라색을, 야행성인 박쥐나 나방은 하얀색을 찾는다.

동박새의 입장에서도 먹이 삼을 곤충이 없는 시기인 11월에 겨울의 끝자락에서 초봄 사이에 피는 동백꽃.

동백꽃의 사랑을 전해주는 동박새.

서 3월까지 동백의 꿀은 좋은 영양 공급원이다. 동박새의 부리 길이는 꿀샘까지의 거리와 알맞게 맞아 꿀을 먹기 좋다. 꽃의 가장 아래 부분에 있는 꿀샘까지 머리를 밀어넣어 꿀을 먹은 동박새는 머리에 노란 꽃가루를 묻히고 나와 다른 동백꽃에게 날아간다. 꿀을 먹기 위해 날아든 동박새가 자신도 모르는 사이 사랑의 전달자가 되는 것이다.

식물과 그를 찾는 매개자들은 수많은 세대를 거듭하며 이렇게 서로에게 맞춰가면서 진화해왔다. 이를 공진화(公進化)라고 한다. 나에게 딱 맞는 사람, 나의 재능을 발휘할 수 있는 일을 동박새처럼 찾아낼 수 있다면 행운일 것이다. 그러나 동박새와 동백꽃이 처음부터 저렇게 서로 맞춤형으로 태어나 들어맞았 제비꽃은 'nectar guide'로 곤충의 착륙을 돕는다.

을 리 없다. 새는 꿀을 잘 먹기 위해 부리의 길이가 서서히 맞춰졌을 것이고, 동백꽃은 꿀샘까지의 거리를 조정하느라 몇 세대가 흘렀을 것이다. 시간과 공을 들여 서로에게 맞추어가면서 만족할 만한 진화 결과를 만들어냈다. 자연이 펼쳐놓은 어떠한 현상도 허투루 볼 수 없다.

신비로운 자연의 법칙, 꽃과 매개자를 보여주는 사례는 동백과 동박새뿐만이 아니다. 이를테면 제비꽃이나 난초 등 많은 식물의 꽃잎에는 선이 있다. 그러한 꽃잎의 작은 선을 만드는데도 무시할 수 없는 에너지가 들건만, 꽃의 입장에서 꼭 필요한 일이 아니라면 이렇게 수고할 리가 없다. 선을 만든 이유는 매개자를 위한 배려이자 표시이다. 태양은 우리 눈에 보이는 가시광선 영역 이외에도 다양한 파장의 빛을 내보낸다. 자외선(UV, 紫外線)은 파란색보다 파장이 짧은 영역으로 사람의 눈에는 보이지 않지만 벌의 눈에는 잘 보인다. 꽃을 자외선에 투과시켜 찍은 사진을 보면 이 표시가 진하고 뚜렷하다. 그러니 벌이 꿀샘을 찾아오기 쉽도록 만든 일종의 이정표, 꿀 안내선이다. 비행기가 활주로를 따라 착륙하듯 벌은 꽃잎의 선을 따라 들어간다. '이 선을 따라오면 꿀이 있어요' 하고 곤충들에게 편리함을 제공하는 셈인데 이를 영어로 'honey guide' 또는 'nectar guide'라고 부른다. 벌은 찾아갔던 꽃을 기억해 같은 꽃을 지속적으로 매개한다. 그리고 꽃의 꿀(nectar)은 벌의 몸을 거쳐야만 우리가 먹는 꿀(honey)이 된다.

이렇듯 꽃들은 친절하고 매혹적인 방법으로 자신들에게 필요한 곤충과 새들을 불러 모은다. 자연의 효율성과 진화는 생각보다 훨씬 신비롭고 정교하다. 자신에게 가장 적합한 길을 찾아 진화해가는 식물을 보고 있노라면, 늘 갈 곳 몰라 갈팡질팡하고 자기 마음을 어떻게 전할 줄 몰라 헤매는 인간들보다 훨씬 고등한 생물이 아닐까 생각된다.

동백은 꽃만큼이나 아름다운 과피(열매의 껍질)를 갖고 있다. 10월 말쯤에 과피는 세 갈래로 갈라진다. 붉은 꽃이 지고 나면 동백은 땅 위에 떨어져 또다시 꽃밭을 이루어내고, 남겨진 과피는 나무 위에서 또 다른 꽃을 피워내는 아름다움을 연출한다.

베르디는 알렉상드르 뒤마의 『동백아가씨』를 바탕으로 오

암술대가 달려 있는 동백 열매. 꽃만큼 아름다운 동백의 과피.

페라 〈라 트라비아타(La Traviata)〉를 만들었다. 주인공 비올레타는 흰 동백과 붉은 동백을 머리에 꽂아 자신의 월경주기와 생체리듬을 알렸다. 동백의 붉음은 이 작품에서와 마찬가지로 정열과 사랑을 연상시키기도 한다.

동백의 붉은 꽃잎은 상록의 짙은 잎으로 더욱 부각된다. 겨울에 푸른 잎을 가진 상록수들이 충절과 절개를 말할 때 동백은 사랑을 읊는다. 시들고 흩어지며 떨어지는 다른 꽃잎들과 달리 싱싱한 꽃이 통째로 떨어지는 동백의 속내는 무엇일까. 가장 창창한 순간에 씨앗을 남기고 자신을 내려놓음. 죽음의 떨어질 때까지 절정인 동백. 눈부신 소멸은 어렵다.

순간을 당당하게 스스로 선택함. 마지막까지 시들기를 용납하지 않음. 동백이 이토록 붉은 것은 자신의 모든 의지를 붉음에 쏟았기 때문일 것이다. 동백의 낙화에는 항상 '툭' '투둑'이라는 단어가 따라다닌다. 다른 단어로 대체할 수 없는, 결연함이 담긴 단어이다. '이왕 떨어진다면, 내 의지로 떨어지마!' 동백의 붉은 낙화를 보고 있노라면 이런 단호한 결심이 느껴진다.

동백의 낙화는 나무 가득 꽃이 만발하여 붉은 생명력으로 가득할 때 시작된다. 마치 자신의 늙은 모습을 보여주지 않고 아름다운 모습만을 기억하게 하려는 자존심을 보는 듯하다. 낙화암에서 삼천 궁녀가 붉은 치마폭에 얼굴을 묻고 저렇게 뛰어내렸을까. 죽음의 순간 가장 아름답고 가장 진한 향기를 내뿜고 떠나가는 꽃. 동백은 싱싱할 때 떨어지는 꽃이라기보다, 떨어질 때까지 절정인 꽃이라고 해야겠다. 우리들의 낙화도 이와 같다면…….

흔히들 폐경이라고 부르는 완경(玩景, menopause)은 월경을 뜻하는 'menstruation'과 중지를 뜻하는 'pause'의 합성어로 월경이 중지됨을 의미한다. 그것은 더 이상 젊지 않다는 서글픈 사실이면서도 다른 한편으로 이제 자유의 시간에 들었음을 의미한다. 자기만의 온전한 색으로 꽃을 피우고 그 빛깔을 떨어질 때까지 잃지 않는 동백처럼 여전히 붉은 정열을 지닌 완경이기를 소망해본다. 정열을 쏟기에는 충분히 젊은 나이인 것이다.

선운사 동백꽃을 보러 갔더니
동백꽃은 아직 일러 피지 않았고
막걸릿집 여자의 육자배기 가락에
작년 것만 오히려 남았습디다
그것도 목이 쉬어 남았습디다

– 서정주, 「선운사 동구」 중에서

구성진 육자배기 가락과 함께 꽃은 사람들과 피고 진다. 노랫가락 속에 속절없이 떨어져버리는 이야기꽃이 목이 쉬도록 남아 있다는데, 그 이야기 한번 듣고 싶지 않을 사람이 있을까. 식민지와 전쟁 시대를 살아낸 우리 어머니, 아버지 세대들의 이야기가 아마 그 안에 있을 것이고, 아이를 키우며 자기 삶을 일구어가는 이 땅의 여자들 이야기도 함께할 것이다. 여수 오동도, 거제 지심도, 고창 선운사, 해운대 동백섬에서 만나는 동백도 붉디붉지만, 현실 속에서 자신을 피워내는 삶 또한 더없이 붉다.

문학도인 내가 보고 싶은 동백은 육자배기 가락에 묻어 있는 어제의 동백, 선운사에 핀 동백이다. 고창은 눈이 많이 내려 설창(雪敞)이라고도 하는데 간혹 4월까지도 동백을 볼 수 있는 곳이다. 동백은 눈과 함께 마주할 수 있는 세한지우(歲寒之友)라고 하지 않던가. 맹렬한 추위와 고독을 뚫고 나온 동백은 자신의 욕망에 충실하고 솔직한 '붉은 사랑'과도 같다.

붉은 꽃은 이래도 사랑, 저래도 사랑의 상징일까. 오죽하면 섬진강 시인 김용택은 사랑 때문에 "다시는 울지 말자 / 눈물을 / 감추다가 / 동백꽃 붉게 터지는 / 선운사 뒤안에 가서 / 엉엉 울었다"라고 고백했을까. 꽃도 붉게 터지고 내 마음도 터지고 젊음은 그렇게 붉게 터지고야 만다. '선운사 뒤안'이란 도대체 어떤 곳이기에 붉은 꽃 앞에서 그토록 엉엉 울 수 있었을까?

선운사 뒤안에는 동백나무 몇 그루가 아니라 아예 동백나무 숲이 장관을 이룬다. 이 숲은 천연기념물 제184호로 지정되었는데, 백제 위덕왕 24년(577) 선운사가 만들어진 후 조성된 것으로 보이며 나무의 평균 높이는 약 6미터이고 둘레는 30센티미터로 역사적으로나 문화적으로 그 가치를 인정받았다. 우거진 동백나무 숲에 바람이라도 불어온다면 누구나 나도 울고 동백도 울고, 붉은 울음을 삼키며 동변상련을 느끼고 돌아오는 실연자의 얼굴이 된다. 그래도 붉은 꽃 앞에 울음을 풀어낼 수 있는 사랑은 부러운 사랑이다. 때로는 말문도 마음도 울음도 닫아버리는 사랑도 있으니 말이다. 사랑은 한바탕 엉엉 울고불고 터져봐야 그것이 사랑이었음을 알게 된다.

사랑도 너무 아프면 독이 된다. 사랑을 잃고 성장을 얻는다면 다행이지만, 사랑할수록 자신을 잃게 되는 사랑이라면 독이 되고 만다. 계속 가야 할 때와 그만두어야 할 때를 알아야 한다. 사랑으로 상처투성이가 된다 해도 열정을 다해 사랑하다 송이째 떨어지는 동백이 "아무러면 어떤가" 하고 말을 거는 듯도 하다.

가장 눈부신 순간에
스스로 목을 꺾는
동백꽃을 보라

지상의 어떤 꽃도
그의 아름다움 속에다
저토록 분명한 순간의 소멸을
함께 꽃피우지는 않았다

모든 언어를 버리고
오직 붉은 감탄사 하나로

허공에 한 획을 긋는

단호한 참수

– 문정희, 「동백꽃」 중에서

열흘 붉은 그 가장 눈부신 순간에 스스로 목을 꺾는 동백의 모습은 가야 할 때가 언제인지 분명히 알고 가는 이의 아름다운 뒷모습과 분명 닮아 있다. 동백은 스스로를 놓아야 할 때를 아는 지자(知者)와 용자(勇者)의 미덕을 아는 꽃이다. 취할 수 있는 것뿐 아니라 버릴 수 있는 것도 용기이다. 이쯤에서 놓아야 한다는 것을 알면서도 놓지 못하는 탐욕으로 일을 망치는 경우가 살면서 허다하다. 동백은 절정의 순간에 자신을 내려놓기에 오히려 가슴속에 오랫동안 기억되는 꽃이다. 가장 눈부신 꽃은 가장 눈부신 소멸과 같다고 하지 않았던가.

꽃을 이야기할 때는 개화와 낙화를 같이 말해야 한다. 붉은 꽃이 낙화한 자리는 우리네 인생자리를 고스란히 보여준다. 열흘 붉은 꽃이 없다는 '화무십일홍(花無十日紅)'이라는 말은 한번 성한 것은 언젠가 반드시 쇠한다는 의미를 담고 있다. 사찰에서 동백을 많이 볼 수 있는 것도 삶의 유한성을 잊지 말라는 뜻이다. 살아 있는 자체가 축복이고, 살아 있는 한 열심히 사랑하고 최선으로 인생을 살아내라고 온몸으로 말하는 것이다. 뜻이 그러하니 동백은 결혼식에서 전통적으로 초례상에 올라 오래오래 열심히 서로 사랑하라는 메시지를 주는 상징적인 꽃이었다.

전라남도 영암의 무가(巫歌) 〈바리데기〉에는 "동백나무 그늘 밑에 / 청실홍실 맺은 부부 / 백년가약을 맺는구나"라는 대목이 나온다. 동백처럼 늘 푸르고 꽃송이 많이 달듯 아들딸 많이 낳아 오랫동안 잘 살라는 축원이다. 동백나무 가지로 여성의 엉덩이를 때리는 것도 아들을 잘 낳으라는 의미였다. 이처럼 동백나무는 한국 사람이 길(吉)하고 상서롭게 여기는 나무 중 하나이며, 사철 푸른 탓에 영생의 뜻도 내포한다. 진시황이 불사약을 구하려고 동해로 사람을 보내 제주도에서 가져간 불사약이 동백기름이라는 설도 전해져 온다.

동백나무는 무가(巫家)에서도 사용되어, 진도의 용왕굿은 초혼제를 지낼 때 동백떡을 올린다. 물에 빠진 망자의 넋을 건지기 위해 동백나무 가지에 동그란 떡을 매달아놓는 것인데, 망자가 이 떡을 천도복숭아로 보고 뭍으로 나온다는 것이다. 이렇듯 동백나무는 우리 선조의 관혼상제 가운데 혼례와 상제(喪祭)에 긴밀하게 관여했다. 다른 한편으로 동백꽃의 낙화가 마치 참수로 한칼에 목이 떨어지는 것을 연상시킨다 해서 선비의 집 안에는 절대로 심지 않았다는 이야기도 있다. 어느 경우든 동백은 그 선명하고 결연한 이미지로 인해 (종종 비유적으로 일컬어지면서) 우리 삶과 가까이 자리하는 꽃이었다.

나는 동백이나 고란초의 남다른 고고함 또는 남모를 고초에 관해 알지 못한다 알 리 없을 것이다

나는 흔하디흔한 시정의 꽃으로 꽃 피워왔으며
그렇게 피고 지는 것밖에는 알지 못한다

다만 나는 꽃 피어 있음의 한편 희열과 한편 슬픔, 환멸을 알 뿐 이다
개나리 목련으로 꽃핀 데 그친 내 생이
생의 다가 아님을

– 이선영, 「나는 알지 못한다, 다만」 중에서

동백이나 고란초의 '남다른 고고함'과 '남모를 고초'를 알지 못한다 하더라도, '개나리 목련으로 꽃핀 데 그친' 화려하지 않은 일상을 살아낸다 하더라도, 그 희열과 슬픔과 환멸로 삶은 지리멸렬하지 않다. 동네 어귀에서나 강둑에서 만나는 개나리와 목련은 장소에 상관없이 자신이 있는 곳에서 최선을 다해 '꽃 피어 있음'을 보여주는 것이야말로 오히려 삶의 경이로움이라는 사실을 체현한다.

우리의 일상은 '흔하디흔한 시정의 꽃'으로 이루어진다. 사람의 흔적을 고스란히 품은 퀴퀴한 삶의 냄새가 꽃향기가 되는 순간 '시정(市井)'은 '시정(詩情)'이 된다. 꽃송이 통째로 스스로를 투하하여 땅 위에 누운 동백꽃은 우리들의 낙법이 어떠해야 하는지 생각하게 만드는 '선사(禪師)' 같은 꽃이다. 결연한 작별을 그에게서 배운다.

03

목련,
삶이 이토록 특별하다는 사실

나무는 자신이 지금 가장 애써서 해야 할 일을 알고 있다. 나무를 키워야 하는 때인지, 꽃을 피워야 하는 시기인지, 열매를 위해 다른 것들은 접어야 하는 시간인지 정확히 판단하고 결정한다. 열매를 달고 꽃을 피울 순 없는 노릇이다.

내가 어릴 적 살던 골목길에는 커다란 목련나무가 있었다. 잎도 없이 나무 가득 등 밝힌 듯 하얗게 피어난 목련꽃은 나에게 가까이 손에 닿는 별과 같았다. 목련꽃이 하늘을 향해 넘실거릴 때가 되면 중간고사 기간이 시작되었다.

이윽고 대학 시절 생약학 시간에 목련의 꽃봉오리는 '신이(辛夷)'라는 이름으로 불린다는 것을 배웠다. 그리고 그 안의 성분과 생리활성에 대한 수업이 이어졌다. 이렇게 피지도 않은 작은 꽃봉오리에서 매운 맛이 나다니. 많은 식물이 그러했듯 목련도 나에게는 먼저 약재의 한 분야로 다가왔다. 목련의 진정한 아름다움에 대한 이해는 훨씬 이후에야 가능한 일이었다.

목련의 하얀 꽃잎 속 촛대 같은 암술과 수술.

카메라를 들이밀고 꽃의 모습을 담으면서도 나는 한동안, 목련꽃에 나비나 벌이 날아오는 것을 한 번도 본 적이 없다는 사실에 별다른 의문을 갖지 않았었다. 다른 꽃들과 비교했을 때 가장 특이한 점이 암술과 수술 부분이라는 것에 주목하면서부터 비로소 목련의 결혼 중매자가 누구인지 궁금해졌다.

암술과 수술은 꽃의 생식기관으로 바람이나 곤충, 새 등의 도움으로 가루받이를 한다. 대부분의 꽃은 암술과 수술이 여리고 부드러워 바람에 쉽게 하늘거릴 뿐만 아니라 작은 벌이나 나비가 그 사이를 헤집고 다니기가 쉽다. 그러나 목련의 암술과 수술은 다른 꽃들처럼 흔들림이 없어 대체 그 빳빳한 사이를 어떤 곤충이 다닐 수 있을지 의아스럽다.

약 1억 년 전, 목련은 백악기 시대에 꽃잎이 피는 속씨식물로 등장했다. 식물세계의 빅뱅이었다. 이 시기는 벌이나 나비가 나타나기 전이었다. 목련을 찾은 곤충은 벌이나 나비들의 선배격인 딱정벌레들이었다. 딱정벌레는 날개가 두껍고 딱딱하며 큰턱이 발달하여 씹기에 좋은 입을 가졌다. 따라서 딱정벌레들이 다녀간 꽃은 상처를 입어 열매를 제대로 맺지 못한다. 이에 목련은 암술과 수술을 견고하게 만들고, 펼친 꽃잎은 딱정벌레가 머물 수 있도록 위를 향하게 만들었다. 또한 나비나 벌이 좋아하는 꿀을 형성하지 않는데, 그 이유는 딱정벌레가 꿀보다 꽃잎을 먹는 곤충이기 때문이다. 오랜 세월이 흘러오면서도 목련은 이 생존방식을 바꾸지 않고 지금까지도 딱정벌레를 매개자로 불러낸다. 그래서 목련을 '살아 있는 화석식물'이라 부른다. 때로는 환경 변화에 유연하게 대처하는 것보다 자신만의 방식을 고집하는 것이 더 나은 방법일 수 있음을 목련의 진화사가 보여준다. 바꾸는 것만이 능사는 아닌 것이다.

목련의 겨울눈은 다른 식물의 겨울눈에 비해 유난히 탐스럽고 크다. 겨울의 추위에 대비해서 털로 온몸을 두르고 있다. 목

여름 잎이 무성할 때 만들어지는 목련의 겨울눈.

련의 겨울눈은 꽃만큼이나 아름답다. 대부분의 사람들은 잎이 다 진 뒤에야 겨울눈을 발견하고 초겨울에 겨울눈이 생기는 줄

로 안다. 그러나 나무의 월동 준비는 우리가 생각하는 것보다 훨씬 이르고 주도면밀하다. 목련은 여름부터 겨울눈을 준비한다. 털로 잔뜩 무장하여 겨울을 날 준비를 단단히 해둔다. 겨울눈의 모양이 붓 같다고 해서 목련을 '목필화(木筆花)'라고도 불렀다. 봉긋한 목련 붓을 만들어 먹물 듬뿍 묻혀서 글씨를 써보는 상상을 해본다. 그렇게 쓴 글씨에서는 목련 향이 날 것 같다.

목련의 꽃이 비집고 나오면서 겨울눈을 싸고 있던 비늘이 떨어진다. 토끼 귀같이 생긴 비늘은 털이 많고 부드럽지만 안쪽은 반들거린다. 알을 깨고 새가 나오듯 비늘을 떨구어야 꽃이 피고 잎이 난다. 모든 겨울눈은 비늘을 비롯한 보호 장치를 지니는데 이 보호 장치를 버려야만 꽃으로 피어날 수 있다. 보호 장치는 그것이 필요한 때가 지나면 억누르는 장치가 되어버린다. 껍질을 벗어야만 에너지가 밖으로 흘러 꽃으로 피어날 수 있다. 우리 아이들도 때가 되면 부모의 보호로부터 벗어나 자유로워져야 꽃을 피울 수 있다. 따스한 집 밖에는 비바람과 눈보라도 있지만 햇살과 따스한 미풍도 있어 세포가 살아 있음을 온몸으로 느끼게 해준다.

붓 모양의 겨울눈 끝이 마치 나침반이라도 되듯 북쪽 방향을 가리키는 까닭에 목련을 '북향화(北向花)'라고 부르기도 한다. 그래서 임금이 있는 북쪽을 향해 피어난다고 목련을 충절을 상징하는 꽃이라고 여기기도 했다. 이런 현상은 햇볕을 많이 받은 남쪽의 세포가 북쪽의 세포보다 빨리 자라나 겨울눈이 북쪽으로 기울게 되기 때문이다. 이렇게 목련의 겨울눈은 모양이나 쓰임새 등에 따라 다양한 이름을 지닌다.

가장 더운 계절부터 겨울을 준비하는 목련의 부지런하고 빈틈없는 모습은 내 삶의 겨울눈에 대해서도 생각하게끔 만든다. 해마다 5월의 눈부신 봄날, 목련이 기품 있는 자태를 눈부시도록 자랑할 수 있는 것은 이토록 용의주도하게 준비한 결과인 것이다.

목련(木蓮)의 이름은 '나무에 핀 연꽃'이라는 의미에서 유래했는데 서양 사람들은 하얀 목련 꽃잎이 피어나는 모습을 종종 팝콘에 비유한다고 한다. 목련은 피는 모습만 독특한 것이 아니라 지는 모양새도 눈여겨볼 만하다. 일반적으로 작은 꽃잎은 나풀나풀, 큰 꽃잎은 툭 하고 떨어진다. 이를테면 동백은 흩어짐 없이 꽃송이째 떨어지고 벚꽃은 꽃잎이 낱낱이 흩어진다. 목련은 나무에 매달린 채로 꽃잎 끝부터 탄력을 잃어가며 갈색으로 시들기 시작한다. 그러고 나서야 큰 꽃잎들을 땅으로 내려놓는다. 시들어가는 목련 꽃잎은 때로, 탄력 넘치는 이십 대 여인이 나이 들어 할머니로 변해가는 모습을 연상시킨다. 그러나 이 서글퍼 보이기까지 하는 낙화의 모습은 아름다운 열매를 맺기 위한 단계이다. 이제 에너지를 열매에 집중해야 할 시기인 것이다.

나무는 자기가 지금 가장 애써서 해야 할 일을 알고 있다. 나

꽃이 아래로 달리는 함박꽃나무. 연꽃 같은 일본목련.

무를 키워야 하는 때인지, 꽃을 피워야 하는 시기인지, 열매를 위해 다른 것들은 접어야 하는 시간인지 정확히 판단하고 결정한다. 열매를 달고 꽃을 피울 순 없는 노릇이다.

대부분의 목련은 꽃이 질 때쯤 되어 잎이 난다. 그러나 목련과의 모든 꽃이 잎보다 먼저 피는 것은 아니다. 일본목련과 함박꽃나무는 잎이 먼저 난 뒤에 꽃이 핀다. 일본목련의 모양은 연꽃과 가장 흡사한데 향목련이라 부를 만큼 향기가 강하면서도 기품 있다. 산목련이라 불리는 함박꽃나무는 재래종 목련 중의 하나로 북한에서는 난초처럼 향이 좋아 나무에 피는 난초라는 의미로 목란(木蘭)이라고 한다. 김일성이 좋아하여 북한의 국화를 진달래에서 함박꽃나무로 바꾼 것으로 알려져 있다.

많은 꽃잎이 별처럼 벌어지는 중국 원산인 별목련도 있다. 대하늘하늘한 별목련.

부분의 사람들은 목련과 다소 모양이 다른 별목련을 잘 알지 못하거나 아주 특별한 곳에서 자라는 나무인 줄 안다. 그러나 별목련은 길가나 공원에서 의외로 쉽게 만날 수 있는 나무이다. 방이동 올림픽공원 안에도 커다란 별목련이 여러 그루 자라고 있다. 보통 목련의 꽃잎이 6~9개 정도인 데 비해 별목련은 12~18개나 되는 좁고 많은 꽃잎을 가지고 있다. 별목련은 이 많은 꽃잎 수와 얇은 꽃잎 두께로 인해 봄바람에 나풀대는 블라우스 같다. 목련에게 아름답다는 표현이 어울린다면 별목련은 예쁘고 사랑스럽다는 말이 더 어울리는 꽃이다. 목련이 우아하게 긴 머리를 틀어 올린 성숙한 여인이라면 별목련은 생기발랄한 소녀의 분위기를 지녔다. 별목련을 보면 그 에너지를 닮고 싶어 그런지 가슴이 뛰기까지 한다. 별목련 꽃잎이 나풀

화산처럼 붉은 불칸. 꽃을 보며 누군가를 가슴으로부터 떠올릴 수 있다면.

거릴 때 봄은 무르익는다.

더 많은 목련을 보고 싶다면 천리포 수목원을 찾는 것이 좋다. 그곳에서는 별목련도 여러 품종을 만날 수 있다. 천리포 수목원은 1979년 한국인으로 귀화한 민병갈(Carl Ferris Miller) 선생에 의해 설립되었으며 2000년에는 '세계의 아름다운 수목원'으로 인증받았다. 민병갈 선생은 어머니가 가장 좋아하던 꽃인 '라스베리 펀(Raspberry Fun)'이라는 종류의 목련을 심고 돌아가신 어머니를 그리며 매일 아침 "굿모닝 맘"이라고 인사를 했다고 전해진다. 어머니를 향한 그리움이 목련에 대한 애정으로 표현된 것일까. 천리포 수목원에는 4백 품종 이상의 목련이 있는데 이 숫자는 가위 세계적이다.

천리포 수목원의 가장 대표적인 목련 가운데 하나가 '불칸(Vulcan)'이라 부르는 붉은 목련으로 그 이름은 '화산(volcano)'에서 유래했다. 이 농염한 목련을 만나면 눈길을 딴 데로 돌리기가 쉽지 않다. 워낙에 목련은 나뭇가지의 꺾임 때문에 아름다운 조형미가 느껴지는 나무이다. 이 수목원의 목련은 바닷가에 위치한 탓에 해풍을 이기기 위함인지 목련 마디마다 가지의 꺾임이 훨씬 더 인상적이다. 나무가 자연과 부대끼며 살아가는 모습이라 할 수 있다. 사람에게도 해풍 같은 역경들이 이러한 마디의 아름다움으로 승화될 수 있지 않을까.

목련을 보며 어머니를 그리워했던 민병갈 선생은 행복했을 것 같다. 꽃을 보며 누군가를 가슴으로부터 떠올릴 수 있다면 꽃 피는 계절마다 그리운 이와 영원히 함께하는 시간을 누릴 수 있으니 말이다.

나무의 연꽃, 그래서 목련이다. 중학교 가정 수업시간에 보라색 실로 자목련을 수놓은 적이 있다. 선생님은 목련 가운데 부분을 도톰하게 수놓으라고 말했지만, 그때까지 나는 보라색 목련을 본 적이 없어 그 느낌을 알지 못했다. 생각해보니 꽃을 모르고 수를 놓았고, 본 적이 없는 산수화를 그려야 했고, 향기를 맡아본 적 없는 꽃을 시를 통해 배웠다. 그러나 체험과 감각을 중요하게 여기는 외국의 교육과 달리 주입식으로 이루어지는 한국식 교육이 나쁘기만 한 것은 아니었다. 지금이야 실시간으로 모든 이미지를 인터넷으로 불러올 수 있지만 예전에는 아무런 방도가 없었기에 도리어 상상력이 무한대로 증폭되었던 것이다.

시간이 흘러 2011년 겨울, 나는 한 해의 시작을 소설가 박완서 선생의 부음으로 시작했다. 커다란 산이 갑자기 무너져 가라앉는 느낌이었다. 박완서 선생은 전쟁 시대를 살아낸 여성의 한스러운 삶을 나지막한 목소리로 읊조리면서도 그 어떤 절규보다 가슴을 울려내고 파고드는 필체로 우리 곁에 있었다. 따뜻한 시선으로 삶을 바라보는 작가의 시선은 목련을 바라볼 때 이러했다.

장독대 옆에 서 있는 바짝 마른 나뭇가지에서 꽃망울이 부푸는 것을 보았다. 목련나무였다. 아직은 단단한 겉껍질이 부드러워 보일 정도의 변화였지만 이 나무가 봄기운만 느꼈다 하면 얼마나 걷잡을 수 없이 부풀어 오르리라는 걸 알고 있었다. 그 미친 듯한 개화를 보지 않아도 본 듯하면서도 나도 모르게 어머, 얘가 미쳤나 봐, 하는 비명이 새어나왔다. 그러나 실은 나무를 의인화한 게 아니라 내가 나무가 된 거였다. 내가 나무가 되어 긴긴 겨울잠에서 눈뜨면서 바라본 너무나 참혹한 인간이 저지른 미친 짓에 대한 경악의 소리였다.

– 박완서, 「그 산이 정말 거기 있었을까」 중에서

가운데 부분을 봉긋하게 수놓으라는 가정 선생님의 말이 박완서 선생의 '꽃망울이 부푸는 것'이라는 표현을 보고서야 정확히 이해되어 무릎을 탁 쳤다. 박완서 선생이 목련나무를 보며 겨울잠에 눈뜨는 인간이 목련이고 목련이 인간임을 느꼈다는 구절을 읽고 나도 선생처럼 생생한 글을 쓰고 싶다는 생각을 했다.

뉴욕의 2월은 몹시 추웠다. 2006년 나는 기댈 곳도 기댈 것도 없이 그저 투쟁하는 마음 하나로 뉴욕으로 떠났다. 만일 이십 대에 뉴욕을 만났다면 그곳은 만화경 같은 세상으로 나에게 다가왔을 것이다. 그러나 서른하고도 여섯에 만난 뉴욕은 그나마 가지고 있던 패를 모두 버리고 떠나는 망명자의 모습을 닮은 고독한 도시처럼 보였다. 시절인연은 이처럼 중요하다. 내가 언제 어디서 누구를 어떤 상황에서 만나느냐에 따라 시절인연은 인생의 향방을 바꿔놓을 수 있다.

꽃을 시샘하는 투화풍(妬花風)이 불면 중국 왕소군이 자신의 슬픈 처지를 노래한 '춘래불사춘(春來不似春, 봄은 왔지만 아직 봄이 오지 않았다)'을 읊조리게 된다. 모든 것이 마음먹기에 달려 있다. 봄이 와도 내 마음이 봄이 아니면 봄은 올 리가 없다. 3월은 한기로 가득 서려 있었다. 뉴욕의 봄추위는 매서웠다. 그 틈을 타고 시야에 들어온 아침 목련이 시리도록 아름다웠다. 그때는 목련을 영어로 뭐라고 부르는지 몰랐다. 외국인에게 봉사활동으로 영어를 가르쳐주는 할아버지 선생님에게 물어보았다.

"할아버지, 목련이 영어로 뭔가요?"

"매. 그. 놀. 리. 아.(Magnolia)"

할아버지의 쉰 목소리가 한기를 뚫고 들어왔다. 따뜻한 심장을 가진 이방인에게 들었던 매그놀리아라는 단어의 힘. 목련은 그렇게 내 운명을 바꾸어놓았다. 어느 날 할아버지의 손에 이끌려 뉴욕 유니언신학대학의 종신교수이자 종교 간의 대화를 이끌어내는 평화운동가 현경 선생을 만나게 되었고, 이후 이 분야에 몰두하는 또 다른 이들을 알게 되면서 내 삶은 변하기 시작했다. 그리고 얼마 후, 할아버지의 부음을 듣게 되었다. 내가 향수병에 시달려 마음을 잡지 못하고 있을 때, 할아버지는 내게 이렇게 말했다.

"네가 자란 곳만 고향이 아니다. 네가 몸담고 정을 주고 정을 내는 곳이 고향이 된다. 그러니 뉴욕을 고향으로 만들어라. 그러지 않으면, 너는 어디서든 주인공이 아닌 이방인으로 살게 된다. 네가 살기로 정한 곳은 다 고향이다."

일찍이 반열에 오른 만해 스님이 현현하여 말씀하시는 것 같았다. "사나이 가는 곳마다 바로 고향인 것을, 몇 사람이나 나그네 시름 속에 오래 젖어 있었나. 한 소리 크게 질러 삼천세계 깨뜨리니, 눈 속에도 복사꽃이 펄펄 날린다(男兒到處是故鄕 幾人長在客愁中 一聲喝破三千界 雪裡桃花片片飛)." 그리고 "님만 님이 아니고 기룬 것은 다 님이다"라고도 했다. 내가 지금 발 디디고 있는 현재가 곧 고향이며, 생명의 탯줄을 묻은 곳이고, 영혼을 묻어야 할 곳이다.

온 세계를 자기 집처럼 주유하는 활동가 현경 선생 또한 내게 줄곧 이렇게 말했다. "Right here, Right place, Right time." 무엇을 하든 적확한 지금의 여기, 장소가 관건이다. 그렇게 내가 서 있는 장소를 스스로 의미 있게 만들라는 것이다. 세 사람의 목소리로 들었건만 모두 같은 의미였다.

여고 시절 음악 수업시간에 "목련꽃 그늘 아래서 베르테르의 편질 읽노라"라는 가사에 등장하는 목련의 느낌은 씩씩하게 의지를 갖고 세상과 거룩히 하직하는 듯하였다. 이런 목련의 모습, 운명을 두려워하지 않는 자유로운 목련의 영혼을 노래하는 시가 있다. 잔다르크나 중국의 여전사 뮬란(Mulan, 木蘭)의 뒤태를 닮은 목련의 낙화는 용맹스럽다. 그리고 여기, 목련의 용맹을 처연히 노래하는 우리의 시인이 있다.

얼마나 많은 거미들이
나무의 성대에서 입을 벌리고 말라가고서야
꽃은 넘어오는 것인가
화상은 외상이 아니라 내상이다
문득 목련은 그때 보인다
이빨을 빨갛게 적시던 사랑이여
목련의 그늘이 너무 뜨거워서 우는가
나무에 목을 걸고 죽은 꽃을 본다
인질을 놓아주듯이 목련은
꽃잎의 목을 또 조용히 놓아준다

그늘이 비리다

– 김경주, 「木蓮」 중에서

이런 경험, 흔치 않다. 사랑 때문에 통곡의 밤을 보낸 연인들을 위한 시이다. "화상은 외상이 아니라 내상이다"라는 이 범상치 않은 경험처럼, 목련이 내상을 두려워하지 않고 꽃잎의 목을 조용히 놓아주듯, 우리는 그렇게 뜻밖의 이별로 내상을 감내해야 한다. 시인 김경주의 동공에 걸린 목련은 "이빨을 빨갛게 적시던" 사랑을 토해내는 목련이다. "나무에 목을 걸고 죽은 꽃", 그리고 인질을 놓아주듯이 목련은 "꽃잎의 목을 또 조용히 놓아준다."

지긋지긋한 이런 사랑 언젠가 해보지 않았던가. 혹 지긋지긋하더라도 비린 목련의 그늘을 닮은 사랑을 어쩌면 그리워할지도 모를 일이다. 단연코 이 시의 백미는 "이빨을 빨갛게 적시던 사랑"이다. 나는 이 부분에서 심장까지 빨갛게 젖어 들어간다. 내게 있어 목련은 툭툭 목을 놓아 떨어지는 모란꽃 같다. 붉은 울음을 울 줄 아는 종족은 화상이 외상이 아니라 내상임을 잘 알고 있다. 열여덟의 목련꽃 노래가 이제 와서 비린 것은 삶이 비리다는 것을 눈치챘다는 것일까. 그럼에도 불구하고 목련은 여인네의 속내를 보여주는 사랑이기도 하다. 류근의 시에서 목련은 속내를 터뜨리는 속일 수 없는 사랑으로 표현된다.

그대를 처음 보았을 때
내 삶은 방금 첫 꽃송이를 터뜨린
목련나무 같은 것이었다
아무렇게나 벗어놓아도 음악이 되는
황금의 시냇물 같은 것이었다

푸른 나비처럼 겁먹고
은사시나무 잎사귀 사이에 눈을 파묻었을 때
내 안에 이미 당도해 있는
새벽안개 같은 음성을
나는 들었다
그 안개 속으로
섬세한 악기처럼 떨며
내 삶의 비늘 하나가 떨어져 내렸다

– 류근, 「첫사랑」 중에서

신내림이 있지 않고서야 시인이라는 족속은 어찌 사람들의 모습을 이리도 눈물겹게 읊어댈 수 있을까. 시 속에서 피워내는 꽃들이 우리와 닮아 있는 것이 무섭기까지 하다. 내 목련꽃 한 잎이 떨어질 때 내 삶의 비늘 하나가 떨어져 내릴 정도의 무게 있는 사랑. 눈썹의 무게만큼 그리 가벼운 꽃잎 하나에 비린내 나는 비늘 하나가 같이 떨어져 나가고 있음을, 그래서 목련 그

목련의 그늘을 닮은 사랑을 그리워한 적이 있던가.

늘이 비리다는 것을. 그래도 꽃 피고 지는 비늘을 달고 있을 때가 아름답다는 사실을 꽃 떨어질 무렵이면 알게 된다는 것을.

다시 돌아와 나는 시 앞에 섰다. 시는 언제나 나를 꾸짖기도 하고 반성하게도 하고, 그러다가 조롱하기도 한다. 그런 시가 미웠다. 피가 지금보다 더 뜨거웠던 시절, 그래서 나는 시를 배신하기로 했다. 아무래도 시는 나에게 밥을 줄 것 같지 않았다. 나는 시를 인생의 성공 매뉴얼쯤으로 생각했었다. 시를 전공하고 시를 사랑하고 그 누구보다 시를 많이 읽었으니, 적어도 시는 나에게 밥은 먹여줘야 한다고 생각했었다. 그런데, 윤동주의 「자화상」을 읽는 순간, 시를 밥으로 생각했던 내가 부끄러웠다. 그래도 시는 내 청춘의 밥이었기에 밥 대신 시를 한 술 두 술 위장 속으로 흘려보냈다. 아마도 마흔 살 어느 무렵 인문학 강의에서 '밥'에 관한 시를 수줍게 읊은 것도 시를 밥으로 먹은 대가라고 생각했기 때문이었다.

청춘의 시는 안주이기도 했다. 어느 틈엔가 나는 술 한잔 기울이며 시를 쓰고 세상을 바라보았다. 또 시는 내게 있어 서정이자 이데올로기였다. 시는 좀처럼 곁을 내주지 않는 깍쟁이 가시내 같다가도 품속을 파고들 수밖에 없는 격정적인 사내였다. 미치는 수밖에 없었다. 나의 청춘은 온통 짝사랑이거나 외사랑이었다. 내가 사랑하는 남자는 나를 떠나기만 했다. 왜냐고 묻지 말란다. 그들은 한결같이 떠나는 이유를 말해주지 않았다. 그래서 나는 말없이 없어지는 인간을 제일 싫어한다. 사람이 어디를 가면 간다고 얘기를 해야 예의가 아니겠는가.

마사오카 시키의 “떠나는 내게 / 머무는 그대에게 / 가을이 두 개”라는 하이쿠는 이별의 격조와 기품을 드러내는 글이면서, 함께한 시간이 사라져도 온전한 우주가 존재할 수 있다는 교훈을 선사한다. 그러나 나에게 시와의 이별은 격정적이었다. 나는 시를 세워놓고 떠나기로 했다. ‘밥을 먹고 살 수 없다고. 사랑도 떠나고, 사람도 싫다고. 그렇다고 너, 시라는 녀석이 나를 위로해주는 것도 아니니, 나는 너를 떠나기로 한다. 잘 안되겠지만, 노력해보기로 한다. 가끔씩 전화를 해도 너는 받지 마라. 우리는 어쨌든 강렬히 찢어지는 거다’라고.

한동안 나는 시를 읽지도 보지도, 가끔의 안부도 묻지 않았다. 그런 시를 다시 찾아가 사죄와 용서를 빌었던 순간이 바로 뉴욕에서 목련을 만난 이후였다. 아직도 짝사랑에 대해 핏대를 세우는 것을 보면, 내 삶의 비늘, 사랑의 비늘은 아직 떨어지지 않았나 보다.

04

산수유와 생강나무,
다른 만큼 아름답다

물이 위에서 아래로 흐르듯 부족하고 필요한 곳으로 흐르는 것이 내리사랑이다. 내가 받은 사랑과 도움을 그를 필요로 하는 또 다른 이에게 돌려주는 내리사랑이 혈액 속 산수유가 아닐는지. 나는 누구에게 붉은 약이 되어야 하나.

십여 년 전 나무를 처음 배울 때 초봄의 산에서 생강나무를 보았다. 귀를 잠시 의심했다. 생강나무라고? 설마 그 생강은 아니겠지? 아, 잎과 줄기에서 생강 냄새가 나서 붙여진 이름이란다. 집에 돌아오는 길가에 아까 배운 노란 꽃이 피어 있는 것을 발견했다. 그것은 산수유란다. 왜 이리 비슷하지? 너무나 익숙한 이름의 그 나무들과 나는 제대로 대면한 적이 없었다. 실제로 산수유를 본 적이 없는 '생약학' 전공 석사, 애기똥풀도 모르고 꽃 시를 쓰는 시인처럼 부끄러웠다.

겨우내 먹색 숲 색깔에 눈이 지겨워지기 시작할 때쯤, 노란색 꽃들이 점점이 뿌려지기 시작한다. 생태적으로는 다른 꽃들이 피기 전 곤충을 차지하기 위한 속셈이다. 산수유는 자연적으로 발아하기 힘들어서 사람이 심어주어야 하므로 인가에 많다. 사람과 함께 살아가는 나무가 산수유나무이다. 산수유축제에 가서 보는 산의 산수유는 농사를 짓기 위해서 또는 축제를 위해서 사람이 심은 것이다. 산의 중간에 산수유가 혹여 보인다면 예전에 사람이 살던 마을이었을 가능성이 크다. 그래서 산에는 생강나무가, 사람들이 사는 집 주변이나 거리에는 산수유가 노랗게 피어난다.

산수유와 생강나무는 거의 비슷한 시기에 피는 데다 작은 꽃 피는 모양새가 멀리서 보면 구별하기 어려울 정도로 비슷하다. 두 꽃 다 여러 개의 꽃이 모여서 한 송이처럼 보이는 형태이다. 그러나 비슷해 보이는 두 꽃은 암수가 한 나무에 있는지, 서로 다른 나무에 있는지부터 다르다.

꽃은 식물의 생식기관이다. 대부분의 꽃은 한 송이에 암술과 수술을 함께 가지고 있는데 이를 남녀가 한 교실에서 공부하는 시스템이라 가정해보자. 꽃 한 송이에 암술만 있는 꽃이 암꽃이고 수술만 있는 꽃은 수꽃이다. 나무 한 그루에 암꽃만 달리면 암그루라고 하는데 이는 여학교로 생각하면 좋겠다. 수꽃만 달리는 나무는 수그루라 하는데 말하자면 남학교인 셈이다. 생강나무는 은행나무와 마찬가지로 암꽃과 수꽃이 피는 나무가 달라서 암그루와 수그루로 나뉜다. 이렇게 성별이 구분된 나무는 암그루에서만 열매가 열리고 수그루에서는 열매가 열리지 않는다.

식물의 연애와 결혼 이야기도 살짝 들춰보자. 꽃에서 보리쌀 같이 생긴 부분이 꽃가루가 담긴 꽃밥, 즉 수술이다. 암술의 머리 부분은 끈적거려서 꽃가루가 잘 붙는다. 이런 점성이 없다면 무게가 지극히 가벼운 꽃가루는 결혼하려고 왔다가 미끄러져내려 청혼도 못 하고 쫓겨날지 모른다. 찾아온 총각들이 모두 결혼을 승낙받지는 못한다. 청혼한 수많은 꽃가루 중 하나만 선택받아 암술대를 타고 내려간다. 식물에는 엄마의 자궁과 같은 방이 있는데 이것이 바로 씨방이다. 선택받은 꽃가루는 엄마의 씨방 안에 있는 밑씨와 만나 2세를 잉태하게 된다.

가루받이가 끝난 암술은 점성을 잃어버린다. 결혼해서 더 이상 꽃가루를 받을 필요가 없기 때문이다. 그래서 가루받이 전인 꽃은 빛나고 생기가 도는 데 반해 가루받이를 마친 꽃은 맑은 빛을 잃는다. 빛을 내는 데 쓰였던 에너지가 다음 세대를 키우는 데 집중되기 때문이다. 이 점은 사람의 경우와 좀 다른 듯하다. 사람은 시간이 흐를수록 더 아름다운 빛을 발할 수 있다. 사람의 빛은 암술의 점성과는 다른, 맑고 깊은 영혼으로부터 기인하기 때문이다.

산수유와 생강나무는 둘 다 여러 송이의 꽃이 모여 달리지만, 생강나무 꽃은 가지 끝에도 중간에도 꽃자루 없이 동글동글 꽃의 몸체가 바짝 붙어 달리고, 산수유 꽃은 여러 송이가 긴 꽃자루 끝에 달려 폭죽처럼 터지는 모양이다. 쌍둥이들이 얼핏 보면 똑같아 보여도 서로 구별되는 개성을 지녔듯 이 두 꽃 역

닮은 듯 다른 생강나무와 산수유나무.

시 그렇다. 생강나무의 나무껍질은 매끈하다. 그러나 단정하지 않게 여기저기 벗겨진 산수유의 나무껍질은 꽃이 피기 시작하는 봄에 더욱 두드러져 겨울을 겪어낸 고단함이 읽힌다. 인고의 세월을 거친 뒤 파인 주름에서 젊고 팽팽한 피부가 지니지 못한 깊이와 사려가 느껴지는 것과 같다. 노승을 닮은 산수유

나뭇등걸에서 핀 노란 꽃은 더욱 빛난다.

산수유 꽃에 비한다면 생강나무 꽃은 향이 강한 편이다. 김유정의 소설 「동백꽃」 끝부분에 주인공의 정신을 아찔하게 한 알싸한 향의 꽃은 동백꽃이 아니라 실은 생강나무 꽃이다. 강원도 지역에서는 생강나무를 동백이라 불렀던 것이다. 예전에는 동백 씨앗으로 기름을 짰는데 동백은 따뜻한 남쪽에서 자라는 나무여서 추운 강원도 지역에서는 구할 수가 없었다. 그래서 강원도에서는 대신 생강나무 열매로 기름을 짜서 썼다. 그 연유로 생강나무 꽃을 동백꽃 또는 동박꽃이라 불렀던 것이다. 지금은 머리에 기름을 바른다는 것이 이상하게 들리지만 예전에 동백기름은 여자들의 필수품이었다. 강원도의 '노란 동백'은 초봄 피어 흐드러진 생강나무 꽃인 것이다.

1936년에 조광출판사에서 발간된 「동백꽃」의 표지에는 생강나무가 그려져 있다. 그러나 초기에 발간된 대부분의 「동백꽃」 표지에는 붉은 동백이 잘못 그려져 있다. 강원도의 〈정선아리랑〉이나 〈강원도 아리랑〉에 나오는 동백은 모두 남쪽의 동백이 아닌 생강나무로 보는 것이 설득력 있다. 첫사랑의 시작과 함께 생강나무의 노란 꽃 향이 더해진 봄날의 청춘은 아련하기만 하다.

도시의 초등학생들은 쌀이 쌀나무에서 열리는 줄로 알 테니 생강나무에서 생강이 열린다고 생각하는 것은 귀여운 실수로 봐주어야 하는지도 모르겠다. 생강나무는 잎을 비비거나 가지를 꺾으면 생강 냄새가 나서 붙여진 이름이다. 보드라운 잎을 만지면 솜털 난 아기의 볼을 만지는 듯하다. 생강나무 잎이 부드러울 때 따서 삼겹살과 먹으면 생강향이 함께 어우러진다. 잎이 나면 산수유와 생강나무는 확연히 구분된다.

산수유 꽃이 향이 없다고들 하지만 어쩌면 우리가 향을 맡지 못하는 것인지도 모른다. 벌이나 나비의 눈이 사람의 것과 달라 우리가 보는 색을 벌이 보지 못하고 벌의 눈에 뚜렷하게 보이는 색이 우리에게는 보이지 않는 것처럼 말이다. 우리의 감각이 미처 잡아내지 못한다고 해서 향이 나지 않는 꽃이라 단언하는 것은 아닐까.

누군가는 맡지 못하는 향이 다른 이에게는 천상의 향이 될 수도 있는 것은 서로의 관계 방식에 달렸다. 사람에게 고약한 냄새를 풍기는 누리장나무는 어떤 곤충에게는 유혹의 향수이다. 향은 맡는 사람에 따라 다르게 느껴질 수 있다. 아무도 맡지 못하는 향을 내가 맡는 것이 사랑이다. 산수유를 많이 좋아하다 보면 향이 전해올까. 제 눈의 안경이라더니 제 코의 향기이다.

예로부터 산수유 열매는 약으로 이용되어 수요가 꾸준하고 값도 잘 받았다. 거제도의 유자나무나 제주도의 귤나무와 같이 산수유 열매를 팔아 자식들을 대학을 보냈다고 하여 '대학나무'라고도 불린다.

산수유는 씨에 독성이 있어 이것을 빼고 약으로 쓰는데 예전

지난해의 결실 옆에 피어나는 새로운 꽃.

에는 앞니를 이용하여 씨를 발라냈다. 그래서 산수유가 많이 나는 지역의 할머니들은 앞니가 닳고 색이 붉게 변하여 '홍니'라 했다. 이가 붉게 물들도록 씨를 발라내고 자식을 공부시킨 할매들의 마음도 붉게 물들었을까. 자식들 대학 보내고 시집 장가가서 낳아 온 손주들에게도 그 붉은 마음은 여전하였으리라. 예전에 경기도 여주나 이천에서는 마을 처녀들이 씨를 발라냈는데 빠른 사람은 하루에 한 말 정도 씨를 발라냈다고 한다. 이렇게 처녀들이 입으로 발라낸 것이 약효가 더 좋다고 하여 훨씬 인기가 있고 값도 더 쳐주었다. 젊음은 어디서나 인기인가 보다. 산수유나무는 할매의 홍니처럼 붉은 작년의 열매가 달린 채로 봄날, 처녀같이 새 꽃을 피운다.

산수유는 시나 문학작품 속에 자주 등장한다. 아마도 사람 사는 인가에 많이 심어져 있고 약으로도 많이 사용되기 때문일 것이다. 약이 귀하던 시절, 겨우내 나무에 매달린 산수유 열매는 아픈 부모를 위해, 자식을 위해 귀한 약으로 쓰였으니 그 사랑을 담은 문학 작품이 나올 법도 하다.

산수유의 붉은 약 기운이 혈액을 타고 흘러 아픔을 치유하고 추억과 사랑을 만든다. 부모의 사랑, 스승의 사랑, 아이들과 친구들의 사랑이 내 혈액을 도는 산수유였다면 나는 누구에게 붉은 약이 되어야 하나.

밥 퍼주는 시인 최일도 목사는 노숙인에게 끓여주는 라면으로 사랑의 봉사를 시작했다. 1988년에 시작된 무료 밥집은 노숙자와 행려들이 생을 유지할 수 있는 '밥'을 나눈다. 이 밥은 혈액을 흐르는 산수유처럼 사람들의 가슴에 흐르고 흘러 우리가 사는 공동체를 치유한다. 물이 위에서 아래로 흐르듯 부족하고 도움이 필요한 곳으로 흐르는 것이 내리사랑이다. 내가 받은 사랑과 도움을 필요로 하는 또 다른 이에게 돌려주는 내리사랑이 혈액 속 산수유가 아닐는지. 나의 내리사랑의 폭은 가족이라는 협소함을 벗어나지 못했었다. 이기적 가족주의가 사랑이라는 포장지로 싸여 내 논 물 대기만 급급했다. 대지에 내리는 비처럼 나와 그대들의 내리사랑을 기다리는 곳이 어디에 있는지 물꼬를 터봐야겠다.

발렌타인데이에는 사랑하는 사람에게 선물할 초콜릿이 상점마다 넘쳐난다. 예전에는 마음을 설레게 하는 상대가 있으면 봄날 산수유 가지를 꺾어다가 사랑하는 이의 집 문 앞에 걸어 놓거나 전해주었다고 한다. 이런 식으로 사랑하는 이에게 애틋한 마음을 전하는 아름다운 풍속도 기억해야겠다. 오늘 사랑하는 이의 가슴에, 산수유 열매의 약효가 필요한 곳에 노란 산수유 꽃 한 가지 꺾어 심고 싶다.

소설가 김훈이 말하듯 산수유는 '어른거리는 꽃의 그림자'로서 중량감 없이 파스텔처럼 산야에 번져 있다. 그래서 '꽃이 아니라 나무가 꾸는 꿈처럼 보인다'라고 말했던가.

매화축제와 산수유축제는 연달아 있다. 2015년은 3월 14일부터 22일까지 매화축제였고, 구례의 산수유축제는 3월 21부터 29일까지였다. 노란 산수유 꽃보다, 붉은 산수유 열매보다 더 알록달록한 상춘객 인파가 구례와 하동을 거쳐 쌍계사까지 국토를 수놓았다. 꽃 보러 가고 싶은 마음은 굴뚝 같았지만, 상춘객과 어깨를 맞대고 국토장정을 할 시간이 허락되지 않는다. 철 따라 꽃구경 가는 사람들은 축복받은 인생을 산다고 해도 과언이 아니다.

옛 선비들이 유배 생활에서조차 봄의 춘흥을 한껏 노래할 수 있었던 것은 주어진 환경을 자신의 시간으로 만들고자 했기 때문이다. 다산 정약용이 유배지인 전라남도 강진에서 국화를 비롯한 여러 꽃을 가꾸며 고달픈 심회를 달랜 것으로 보아 예로부터 꽃 가꾸기는 치유력을 지니는 일이었다. 다산은 곡산 부사로 있을 때에도 정원을 손수 가꾸는 전문가였다. "백 가지 꽃 다 꺾어봤어도(切取百花看) / 우리 집 꽃만은 못하네(不知吾家花)"라고 읊은 것은 꽃과 나무와 교감하며 자연과 삶의 이치가 다르지 않음을 설파한 것이다. 이렇게 삶을 즐기고 성찰하는 태도는 어디서든 가능하다. 꽃을 찾아간 상춘객만이 춘흥을 즐길 수 있는 것이 아니라, 어디에서든 춘흥을 즐기는 자가 상춘객인 것이다.

새 학기가 시작되자마자 산수유는 봄을 기다리던 이들에게 반갑게 인사한다. 마치 달리기를 하려고 출발선에 많은 꽃 선수들이 기다리고 있다가 신호탄과 함께 앞발로 땅을 박차고 내딛는 것 같다. 그러나 박노해 시인이 말했듯이 "꽃은 달려가지 않는다."

꽃은 자기만의 리듬에 맞춰 차례대로 피어난다
누구도 더 먼저 피겠다고 달려가지 않고
누구도 더 오래 피겠다고 집착하지 않는다
꽃은 남을 눌러 앞서 가는 것이 아니라

자기를 이겨 한 걸음씩 나아갈 뿐이다

자신이 뿌리내린 그 자리에서
자신이 타고난 그 빛깔과 향기로
꽃은 서둘지도 않고 게으르지도 않고
자기만의 최선을 다해 피어난다

꽃은 달려가지 않는다

– 박노해, 「꽃은 달려가지 않는다」 중에서

매화와 산수유가 다투어 피는 것처럼 보였는데, '자기만의 리듬에 맞춰 차례차례 피어난다'라는 시인의 말을 듣고 보니 반성이 된다. 누구는 나름의 호흡대로 자기 박자대로 사물을 해석하는데, 어째서 나는 경쟁의 구조로 자연의 이치를 해석하고 있었는지. "자기를 이겨 한 걸음씩 나아갈 뿐"이라는 구절에서 고개를 끄덕이게 된다.

자기를 이긴다는 것은 "그 자리에서" "타고난 그 빛깔과 향기로" "서둘지 않고 게으르지도 않고" 세상이 요구하는 최선이 아닌 "자기만의 최선"을 다하는 것이다. 나 또한 구례의 산수유가 아니더라도, 내가 사는 동네의 산수유의 빛깔과 향기를 맞이하는 것이야말로 최상의 봄이 되리라.

중학교 교과서에 나오는 김종길의 「성탄제」에서 만난 산수유는 붉은 열매의 효능과 시각적 이미지로 표현되어 있다.

어두운 방안엔
빠알간 숯불이 피고,

외로이 늙으신 할머니가
애처로이 잦아가는 어린 목숨을 지키고 계시었다.

이윽고 눈 속을
아버지가 약을 가지고 돌아오시었다.

아 아버지가 눈을 헤치고 따오신
그 붉은 산수유 열매…….

나는 한 마리 어린 짐승,
젊은 아버지의 서느런 옷자락에
열로 상기한 볼을 말없이 부비는 것이었다.

이따금 뒷문을 눈이 치고 있었다.
그날 밤이 어쩌면 성탄제의 밤이었을지도 모른다.

어느 새 나도

그때의 아버지만큼 나이를 먹었다.

옛것이라곤 찾아볼 길 없는
성탄제 가까운 도시에는
이제 반가운 그 옛날의 것이 내리는데,

서러운 서른 살 나의 이마에
불현듯 아버지의 서느런 옷자락을 느끼는 것은,

눈 속에 따오신 산수유 붉은 알알이
아직도 내 혈액 속에 녹아 흐르는 까닭일까.

– 김종길, 「성탄제」 전문

시 속에서, 나는 아팠고, 아버지는 험한 눈 속을 헤쳐 붉은 산수유를 따 오셨고, 그것은 어린 나에게 약이 되었다. 산수유 열매는 강한 신맛을 띠는데, 10월 중순 긴 타원형의 열매에서 씨를 분리하여 술을 담그거나 한약재로 사용되며, 감기와 간, 신장이 나쁜 사람들에게 효능이 있다. 아프고 어린 나에게 붉은 산수유는 아버지의 이미지와 동일하게 각인되었다. 그러고 보니 그날 밤이 사랑을 나누는 성탄제였던 것 같다고 나는 기억한다. 세월이 흘러 아버지 나이가 된 내가 아버지의 그날 밤 추웠던 서느런 옷자락을 기억해내는 것은 뜨거운 피와 함께 아버지의 사랑 또한 생생하게 돌고 있기 때문이다.

글을 쓰는 나에게도 산수유는 어린 시절 '성탄제'에서 만난 해열제 같은 기억이다. 그래서 젊은 시절 느티나무 옆에 둥지를 틀고 있던 노란 산수유 꽃을 보고도 나는 감히 '예쁘다'라는 형용사로 표현하지 못했다. 실생활보다 문학에서 먼저 만난 산수유는 아버지의 사랑처럼 엄숙하여, 구례나 하동의 꽃길에서 산수유를 만났을 때에도 춘흥의 대상이라기보다 존경과 사랑의 대상으로 먼저 자리 잡았던 것 같다. 이렇듯 꽃에 관한 기억은 언제 어디서 어떻게 만나느냐에 따라 다른 이름, 다른 분위기의 이야기로 바뀐다.

산수유는 해방 공간의 기억을 고스란히 담고 있는 꽃이기도 하다. 구례군 산동면의 백부전은 5남매 중 막내딸로 태어났지만 큰오빠가 징용으로 끌려가고 둘째 오빠마저 여순사건으로 처형당하자 셋째 오빠를 대신해 죽음을 자청하여 토벌대에 끌려가며 노래를 부르는데 그 노래가 바로 〈산동애가(山東哀歌)〉이다. 꽃다운 나이에 죽음을 앞두고 산수유 핀 고향을 그리는 가사는 구슬프기 그지없다.

잘 있거라 산동아 산을 안고 나는 간다
산수유 꽃잎마다 설운 정을 맺어놓고
회오리 찬바람에 부모효성 다 못하고
갈 길마다 눈물지며 꽃처럼 떨어져서

산수유나무. 꽃은 어떻게 만나느냐에 따라 다른 이름, 다른 이야기로 기억된다.

노고단 골짝에서 이름 없이 쓰러졌네.

– 백부전, 〈산동애가〉 중에서

김훈의 '산수유는 다만 어른거리는 꽃의 그림자로서 피어난다'라는 말은 어쩌면 꽃과 그늘을 함께 바라보기를 바라는 작가의 마음에서 나온 문장이었을 것이다. 저토록 아름다운 꽃그늘을 만약 70년 전에 태어나 바라보았다면, 어쩌면 〈산동애가〉의 주인공이 나였을지도 모를 일이다. 그래서 꽃 이야기는 두

고두고 끝이 없다. 올해로 광복 70주년이 된다니. 구례의 산수유 그늘이 더욱 샛노랗게 보인다.

이렇게 구슬픈 사연을 지닌 산수유와 매우 비슷하게 생긴 나무가 생강나무다. 나뭇잎에서 생강 냄새가 나니 약초꾼이나 사람들이 상추쌈 대신 생강나무 잎으로 쌈을 즐기기도 한다. 그러고 보니 생강나무에 달린 앙증맞은 꽃들이 동글동글한 게 생강처럼 보인다. 산에서 쉽게 볼 수 있는 생강나무는 남녀의 마음을 전하는 산수유와 함께 사랑을 나누는 나무의 대명사가 되었다고 한다. 설렘이라는 감정은 늘 무언가의 처음에 놓인다. 첫 사람, 첫 출근, 첫 만남. 설렘은 알싸하고 풋풋하다. 작은 꽃송이를 뭉쳐놓은 사랑스러운 생강나무는 노란 빛깔과 함께 향기로 자신의 존재를 알린다.

우리 설화에서는 환웅이 여러모로 쓰일 수 있는 생강나무를 만들어 인간에게 건네주며, 이를 덕스러운 나무로 칭송하였다고 한다. 누구나 공평하게 생강나무의 덕을 누리고 나누게끔 한 것이다. 나뭇가지에 생강의 향을 넣어두어 눈을 다친 사람이라도 가지를 꺾어 냄새를 맡아 이를 취할 수 있게 하였다.

꽃나무에도 덕이 있다. 굳이 '널리 인간을 이롭게 한다'는 홍익인간(弘益人間)의 정신을 들먹이지 않더라도 나는 누구이고, 무엇을 하며 살 것인지 생각하기보다 나는 무엇을 얼마나 사람들과 나누고 공평무사하게 일을 처리하며 사는지 스스로 질문하는 것이 먼저일 듯싶다.

생강나무. 꽃나무에도 덕이 있다.

05

음나무,
버려야 할 가시와 지켜야 할 가시

아직도 떼어내지 못한 내 마음속 가시를 들여다본다. 공연스레 가시를 내보이며 신경을 곤두세웠던 과거의 모습을 떠올리면서 얼굴이 붉어진다. 무엇을 그리 지켜내고자 독 오른 가시처럼 날을 세웠을까?

음나무는 정식 학명이지만 엄나무라고 불리는 경우가 더 많다. 부르는 이와 듣는 이가 그 나무를 제대로 떠올릴 수만 있다면 이름을 어찌 붙이건 무슨 상관이겠는가. 음나무는 자신의 방어기제로 '가시'를 선택했다. 어린 음나무는 아래부터 위까지 가시로 철저하게 둘러싸여 있어 접근이 어렵다. 아직 미숙하고 여린 것들은 가시나 털 등을 이용하거나 독성물질을 만들어 자신을 보호하므로 외부 세계에 대해 그리 호락호락하지 않다. 사람이나 동물처럼 식물도 마찬가지로 자기 보호 본능을 지닌 것이다.

보호 장치는 가시처럼 눈에 보이는 것만이 아니다. 꽃이 떨어지고 나면 그 자리에 열매가 맺힌다. 대부분의 열매는 푸른 가시 많은 어린 음나무.

색이다. 나뭇잎과 같은 색의 옷을 입고 있다. 맛은 떫거나 시고 과육은 단단하여 먹기에 좋지 않다. 아직 먹지 말라는 신호이다. 때가 되어 붉게 익은 열매는 부드럽고 달콤하다. 이제는 나를 다른 곳으로 옮겨 달라는 신호이다. 붉은색은 새들에게 호소하는 색이다. 여름 초록이 진하게 온 산을 덮고 있을 때 보색인 붉은색은 새들의 시야에 쉽게 잡힌다. 사람도 동물들도 붉은 열매를 먹음으로써 열매 속 씨앗을 옮기는 매개체가 되는 것이다.

숲을 거닐다 보면 벌레들이 여기저기 갉아놓아 구멍이 숭숭 난 나뭇잎을 쉽게 찾아볼 수 있다. 벌레들은 왜 한 잎 전체를 갉아 먹지 않고 이 잎 저 잎 옮겨다니며 갉아 먹어, 의도치 않게 나뭇잎에 어여쁜 모양을 만들어내는 것일까? 식물은 벌레에게 먹힐 때마다, 우리가 피톤치드(Phytoncide)라 부르는 방어 물질을 내보낸다. 피톤치드의 냄새를 맡자마자 벌레는 더 이상 같은 부분을 먹지 않고 다른 곳을 골라 이동한다. 그렇다면, 세상을 향한 나의 방어기제는 무엇이었을까?

자신의 몸을 가시로 철옹성처럼 둘러친 어린 음나무를 보면 나는 마음이 짠해진다. 얼마나 세상이 두렵기에 다른 이의 접근을 허용치 않는 것일까. 세월이 약이라 했던가. 인생의 연륜이 쌓여 여러 가지 일을 겪다 보면 대부분 부드러워지고 둥글어져간다. 자신을 스스로 지켜낼 수 있고 상처에도 내성이 생기기에 나무도 가시를 하나둘 떨구어 표면이 매끈해진다. 강가의 모난 돌이 점점 둥글어져 품을 넓히듯, 자신을 보호하기에 급급하던 가시투성이 어린나무도 자라서 새들과 다른 생물들이 깃들여 사는 안식처가 되는 것이다. 높게 자란 키 큰 음나무를 보면 가시 달린 흔적이 군데군데 발견된다. 마지막까지 남

가시를 버린 큰 음나무.

은 가시들은 끝이 뭉툭하고 손으로 문지르면 부스러지며 떨어져 나간다. 여기저기 가시 달렸던 흔적은 음나무에게 있어 생의 이력과 같다. 아픈 과거를 몸으로 추억하게 하는 음나무를 바라보노라면 숲에서 말없이 속 깊은 멘토라도 되어줄 것 같다.

나무의 가시는 자기 몸의 한 부분을 변형시켜 만든 방어 장치이다. 잎이 변하거나 수피(나무껍질) 또는 가지가 변해 가시가 된다. 엽침(葉針, spine)은 잎이 변한 것으로, 잎처럼 잘 떨어지며 잎이 나는 순서와 마찬가지로 규칙적이다. 선인장이나 아까시나무의 가시 등이 엽침이다. 선인장은 사막에서 수분이 증발되어 자기 몸에 탈수 현상이 생기는 것을 막기 위한 묘책으로 가시를 만들었다. 반면 피침(皮針, cortical spine)은 나무껍질이 변한 가시로, 불규칙적이면서 잘 떨어진다. 음나무나 산딸기속 식물들이 여기에 속하는데 줄기 여기저기에 가시가 불규칙하게 솟아 있다. 어린 가지가 변한 가시는 경침(莖針, thorn)이라 하는데, 탱자나무의 가시가 여기에 속한다. 가시가 줄기와 한 몸이기에 잘 떨어지지 않고, 가지에서 잎이 나듯 가시에서도 잎이 난다.

떨어지는 가시와 붙어 있는 가시를 보면서 나에게도 버려야 할 가시와 간직해야 할 가시가 있다는 사실을 돌아본다. 많은 것들을 포용할 수 있는 가슴과 여유를 가진, 가시 버린 나무의 부드러움은 나이 든 이들의 덕목이다. 그러나 사람이 버릴 수 없거나 버려서는 안 되는 가시도 있다. 깊은 상처가 치유된 듯해도 실은 떨어져 나가지 않고 피부 아래 어딘가에 숨겨져 있다가 아무 때고 불쑥불쑥 튀어나오기도 한다. 사람은 가시를 온전히 떨구고 살 수 있을까? 그저 피부 속으로 가시를 밀어넣고 사는 것은 아닐까? 이를 무의식의 세계라고 부르는 것 같다.

아픔이 숨겨져 있지 않고 세포 속으로 녹아들어 성장으로 이루어지면 좋으련만 그리 쉬운 일이 아니다. 가시의 날카로움을 세포 안으로 녹여내어 혈액으로 흘려보내 에너지로 변화시킬 수 있는 것이야말로 아름다운 성숙이라 할 것이다.

그러나 버리지 말아야 할 가시는 누군가 떼어버리려 해도 지켜내야 한다. 가시 떨어진 무딘 자리가 그저 무력한 흔적에 지나지 않는 경우에는 외부의 어떤 자극에도 반응을 보이지 않는다. 나무에게는 가시가 방어기제의 하나이지만 사람에게는 방어뿐 아니라 각성의 도구이기도 하다. 아침마다 문 앞에 배달되는 신문은 세상이 이렇게 밤새 시끄러운데 편안하게 잘 잤느냐고 묻는 듯하다. 인권이 무시되고 정당화될 수 없는 비리들로 세상이 우롱당할 때는 사람의 가시가 없어지거나 무디어져선 안 된다. 피부 속 가시의 예리함을 간직한 채, 분노할 때 분노하고 저항할 때 저항해야 함은 나무와 달리 우리가 지켜내야 할 가시의 의미가 아닐는지 생각해본다. 사람에게는 때때로 가시를 버리는 일보다 가시를 간직하는 일이 더 힘들다.

어린 음나무 같은 나의 아이는 자괴감에 가시투성이였다. 나는 너무 아프고 힘들어 신을 원망하기도 하고 매달려보기도 했다. 딸이 미웠다. 학생이 공부를 열심히 하지 않는 것이 용납되지 않았다. 딸은 문을 쾅 닫으며 화를 냈고 나는 그것을 참을 수 없어 소리 지르고 싸우고 울고를 반복했다.

중학교 2학년 때부터 시작된 딸아이의 사춘기는 가라앉을 줄 몰랐고 고등학교로 진학하니 학업 스트레스는 더욱 가중되었다. 대학 진학에 대한 불안감이 딸보다 내게서 더 커져갔다. 학창시절에 공부만 열심히 했던 나는, 합창대회 지휘를 한다고 늦게까지 팔이 아프도록 연습하고, 체육대회 응원단장을 한다고 몰려다니며 연습하는 아이를 이해할 수 없었다. 그 시간에 공부 좀 더 했으면 좋으련만 딸은 나의 뜻대로 살지 않았다. 아이가 어떤 대학에 들어가 앞으로 어떻게 살아갈지에 대한 불안이 나를 항상 따라다녔다.

우리의 갈등은 왼쪽 방향으로 감기는 칡과 오른쪽 방향으로 감아 올라가는 등나무처럼 얽히고설켜 풀리지 않았다. 암흑 속 터널을 헤매는 느낌이었다. 더 이상 견딜 수 없다는 생각이 들자 병원을 찾아가봐야 하나 고민이 시작되었다. 악순환의 고리에서 벗어나야겠다는 절박함이 있었고, 혼자만의 힘으로는 이겨내기 어려웠다. 주변의 친구나 지인들과 이야기하는 것보다도 객관적인 타자의 시선이 필요했다. 병원에 가기 겁이 나서 인터넷을 뒤지다 상담소를 찾았다. 텔레비전에서나 보던 상담소를 내 발로 찾아가게 된 현실에 참담한 기분이 들었지만 나는 그곳에서 딸의 이야기를 시작했다.

상담 첫 시간에는 딸과의 갈등에 대한 고민을 이야기했다. 그런데 두 번째 시간부터 상담사는 나 자신만의 이야기를 하도록 유도했다. 지나고 보니 그랬다. 나는 예기치 않게 나 자신의 사연을 쏟아놓으며 한없이 울었다. 결국은 나의 문제였던 것이다. 나의 경험에 비추어 짐작할 수 있는 자식의 미래에 대한 청사진의 경우의 수는 한정적이었다. 나는 아이가 '좋은 대학'을 나와 '좋은 직업'을 갖는 정해진 루트를 벗어나는 것에 대한 불안이 컸다. 일말의 위험도 허용하고 싶지 않았다. 나는 작은 사각형 안에서 한 치 옆으로도 비껴나가지 않고 살았고 그 안정된 삶이 성공한 삶이라 믿었다. 그 삶을 딸에게도 그대로 답습시키려 했던 것이다. 어릴 적 나는 피아노 치는 옆집 친구가 부러웠고 마당 있는 집이 선망의 대상이었다. 그러나 내가 할 수 있는 것은 공부뿐이었고 그것만이 내 자존심을 지켜주었다. 그 힘으로 많은 콤플렉스를 극복하며 살아온 나에게 공부를 소홀히 한다는 것은 용납할 수 없는 일이었다.

나와 아이는 사춘기라는 통 안으로 들어가 뜨거운 열과 압력을 통과하며 새로운 모습으로 다시 태어났다. 성적에 대한 부모의 욕심, 그 기대에 못 미치는 아이, 자기 자신도 주체할 수 없는 사춘기의 에너지에 부모의 미성숙이 도화선이 되어 모조리 타버릴 것 같았다. 불안이란 인간에게 어쩔 수 없이 그림자처럼 따라다니는 숙명 같은 것이다. 나를 돌이켜보건대 불안은 수많은 욕심으로부터 나온 결과물이었다. 아이의 미래에 대한 불안감은 '나보다 나은, 적어도 나보다 떨어지지 않는, 세상이 인정하는' 모습을 아이를 통해 원하기 때문에 생겨난 것이었다. 어리석은 불안은 줄기가 보이지 않을 만큼 무성한 가시로 나를 무장시켰다.

나와 딸이 자라난 시대와 환경은 서로 다르다. 그럼에도 어릴 적 가시를 버리지 못하고 똑같은 잣대를 들이민 엄마로 인해 딸은 힘든 사춘기를 보냈다. 딸아이에게도 상담을 받자고 권하자 처음에는 내켜하지 않던 딸도 결국 응해주었다. 나는 나의 가시를 알고 인정하게 되었고 또 그것으로 아이에게 상처를 입히고 있다는 자각을 하게 되었다. 그렇게 아픈 사춘기를 보내면서 우린 성숙해지고 사랑하게 되었다. 가시와 가시가 부딪히며 상처 끝에 얻은 성숙이다. 우리는 싸우고 화해하고 눈물을 흘려가며 가시를 떨쳐냈다. 그렇게 이르는 데까지 결코 짧지 않은 시간을 보내야 했다. 미안하다 말하고 고맙다 말하고, 엄마를 존경한다는 말로, 너를 있는 그대로 사랑한다는 말로 우리는 상처를 치유했고 서로에 대한 믿음을 회복했다. 이제 그녀는 나의 든든한 조력자이다. 그녀는 나에게 이렇게 이메일을 써 보낸다.

'엄마, 하고 싶은 일 하세요. 죽을 때 후회할 순 없잖아요.'

비바람이 지나간 뒤에야 평화로운 기쁨을 느낄 수 있고 흐린 하늘이 갠 후에야 햇살의 따스함에 고마워할 수 있다. 해가 있어야 그늘이 존재하듯 우리 삶의 음과 양은 손바닥과 손등처럼 한 몸이다. 어린싹들은 대지에 몸을 붙이고 견딘다. 식물은 자라면서 대지로부터 멀어지며 이는 우리가 자아가 형성되어 부모로부터 독립적으로 성장하는 것과 다르지 않다. 대지로부터 떨어진 가지는 자신을 가시로 보호하면서도 강인함과 부드러움의 양면을 가지고 견딘다.

세월을 더해가며 가시를 떨구는 지혜는 식물도 안다. 바늘 하나 들어갈 자리 없는 가시투성이로 살아갈 것인지, 큰 그늘 내어줄 수 있는 나무로 성장할 것인지 스스로 묻는다. 불혹을 넘어 지천명으로 들어서도 필요치 않은 가시를 움켜쥐고 사는 삶은 반성해보아야 한다. 살면서 집 평수만 늘리려고 하지는 않았는지, 이제는 마음의 넓이를 가늠해본다. 가시를 많이 달고 있는 사람이 있다면 그 안의 상처를 들여다볼 일이다. 이해하고 감싸안다 보면 그도 가시를 버릴 때가 오리라. 그러나 맑은 정신과 날 선 판단을 위한 가시는, 줄기가 변한 가시처럼 지켜내야 한다.

의학용어인 트라우마(trauma)는 방송이나 매체를 통해 사람들의 대화에서도 수시로 등장한다. 트라우마란 정신적 외상, 영구적인 정신장애를 남기는 충격이라는 뜻이다. 언제부터인가 우리 사회는 이 단어가 힐링이란 단어와 함께 붙어다니며 너도 나도 트라우마 환자이자 힐링의 대상이 되었다. 힐링 먹거리, 힐링 프로그램, 힐링 여행으로 온 매체가 도배되고 있다. 온 나라가 힐링이라는 강박증에 시달리는 것만 같다.

세계적으로 가장 많이 처방되는 약물 중 하나가 '프로작

(prozac)'이라는 우울증 치료제이다. 프로작이 나온 이후 2005년까지 미국에서 우울증 진단이 200퍼센트로 늘었다는 보고도 있다. 우리 사회도 언제부터인가 우울증이란 단어가 유행하더니 벌써 수많은 우울증 환자를 양산해내고 있다. 프로작은 병을 치료하고 생활의 행복까지 찾아준다는 의미에서 탈모 치료제, 발기부전 치료제, 비만 치료제 등과 함께 '해피 드럭(Happy Drug)', '해피 메이커(Happy Maker)' 또는 'QOL(Quality of Life, 삶의 질) 개선제'라고도 불린다. 그러나 해피 드럭에 의해서 획득하는 행복을 진짜 행복이라 말할 수 있을 것인가?

먼지처럼 떠도는 단어들로부터 걸어 나와 초록의 숲으로 들어가 호흡을 깊게 해본다. 행복이 폐포 속 깊숙이 들어옴을 느낀다.

인문학자가 발견한 가시의 지혜

나는 삶을 껴안기 위해 구부러졌다. 음나무 연리목처럼 구부러지고 휘었다. 나로 인해 많은 사람들에게 상처주지 않기 위해 내 몸을 조이는 음나무 가시 같은 상처를 참으며 살아온 세월이었다. 그러나 그 상처가 없었다면 또 살아내지 못할 세월이었다.

권지예의 소설 『붉은 비단보』에 나오는 구절이다. 세간에 알려진 신사임당의 이면을 상상한 이야기인데, 재주 있는 여성이 현실을 살기가 만만치 않음을 보여주는 대목이다. 그랬을까? 이루고자 하는 열정이 있는 사람들은 저마다 가시 하나를 품고 있다. 상처는 남녀노소를 막론하고 누구에게나 있기 마련이다. 음나무 연리목처럼 구부러지기 위해 여자는 자신만의 건강한 시선을 버려야 했을 것이며, 땅과 가까이 납작 엎드려 왜곡된 시각을 갖고 살아야 했을 것이다. 음나무 가시 같은 상처를 들여다보고 있자니 울화가 꽃처럼 터졌을 것이다.

가시 많은 음나무가 화두로 다가왔다. 음나무의 가시를 상처로 보는 작가의 시선이 너무 아프다. 가시에 대한 다른 독법은 없는 것일까?

한때는 그랬다. 가시 돋친 탱자나무와 음나무, 두릅나무를 보면서 무엇이 너를 그토록 아프게 해서 가시로 온통 무장하게 했는지 가만히 귀 대고 서서 나무의 이야기를 듣고 싶었다. 가시가 있는 나무, 그래서 한 번 더 돌아보았다. 그러나 세월이 지나면서 음나무의 넉넉함과 믿음직한 기운이 더 마음에 들어왔다. 음나무에는 힘세고, 슬픔도 묵묵히 받아줄 줄 아는 큰형 같은 느낌이 있다. 조상들이 그랬던 것처럼 대문 위에 걸어두면 나쁜 기운이 모조리 도망갈 것 같은 든든함도 느껴진다. 이를테면 길을 잃을지라도 음나무 지팡이 하나 있으면 마술처럼 어디든 갈 수 있을 것 같다.

예로부터 음나무는 나쁜 기운을 물리치고 행운을 불러온다는 길상목(吉祥木)이었다. 아이들을 액운으로부터 보호하기 위한 옛날의 지혜에서 길상목의 면모를 엿볼 수 있다. 우리 조상들은 음나무로 육각형 모양의 노리개(음)를 만들어 아이들에게 달아주었는데, 역병을 옮기는 귀신이나 저승사자가 양반 차림으로 집 안으로 들어오다가 음나무 가지에 걸려 허우적대다 되정지용 생가에 걸어둔 음나무.

돌아간다는 것이었다. 당시에는 아이들이 제 명대로 살지 못하고 병을 얻어 일찍 죽는 일이 잦았기에 어른들은 아이에 대한 간절한 사랑의 마음을 이렇게 음나무에 온전히 담았다. 가시가 나쁜 것들을 막아주는 역할을 한다는 옛 사람들의 믿음은 여러 가지 사례에서 발견된다. 농촌에서 잡귀를 막기 위해 음나무 가지를 대문 위에 꽂아두었을 뿐만 아니라 가시가 있는 탱자나무도 벽사(辟邪, 마귀를 쫓는다는 뜻)의 역할을 해왔다.

음나무는 보통 높은 지대에서 잘 자란다. 평지에서 음나무가 자랄 경우 그 일대는 비옥한 땅으로 여겨 농경 개간의 지표목으로 삼았다. 또한 음나무의 어린순, 개두릅은 입맛 없는 봄철에 사람들의 입맛을 북돋아주는 나물로도 애용되었다. 아울러 우리 조상들은 어린 음나무 두 그루를 한 그루의 연리목으로 만들어 집 안에 두면 부부 금실이 좋아진다고 믿기도 하였다. 삶과 죽음의 다양한 역사적 현장에서 음나무는 우리의 민속과 기복 신앙을 살필 수 있는 수종이다.

정보기술이 발달한 현대에도 경남 창원시 동읍 신방마을에서 음나무 군락이 가지는 위상은 변함없다. 이곳의 음나무는 마을의 수호신 역할을 하면서 사람들의 마음을 보듬어준다. 정월 대보름에 마을 사람들은 음나무 앞에서 제사를 지내며 마을의 안녕을 기원한다. 음나무 군락 바로 옆에 신방초등학교가 위치하는 것도 우연이 아닐 것이다. 이곳 아이들이 음나무 아래에서 뛰어노는 모습을 상상해보니, 예나 지금이나 아이들을 건강하고 무탈하게 키우고자 기원하는 마음은 비슷한가 보다.

수호신 역할을 하는 신방마을의 음나무(천연기념물 제164호)는 수령이 약 700년이라니 이만하면 마을 사람들의 제사를 받을 만하지 않겠는가. 고려 후기부터 이 마을 사람들과 함께 살고 있는 나무인 셈이니, 마을에서 해결하거나 결정해야 할 문제가 있을 때마다 이 음나무에게 지혜를 구하는 게 맞으리라. 적어도 외지인이 마을의 대소사에 대해 왈가왈부하는 것보다는 나을 성싶다. 특정한 식물이나 동물이 그 마을 사람들과 특별한 관계를 맺고 있다고 여겨져 마을의 상징물로서 신성하게 받들어지는 토테미즘은, 이런 식으로 오랫동안 함께 살면서 마음을 나누는 가운데 자연스럽게 길러진 믿음과 우정에서 출발하였다.

경남 신방리의 음나무군.

강원도 삼척시 근덕면 궁촌리 음나무(천연기념물 제363호)는 고려의 마지막 왕 공양왕의 슬픈 운명의 이야기를 간직하고 있다. 고려 말 이성계에게 쫓기던 공양왕이 삼척 궁촌리에 도착해 음나무가 있던 이곳에 거처를 마련하여 목숨을 보전하고자 했다는 것이다. 이 경우에도 음나무는 궁지에 빠진 나약한 인간이 의지하고자 하는 부목(副木)이었다. 그 당시에도 오래되고 큰 나무였으므로 이미 수령이 1천 살은 족히 넘었을 것이다. 공양왕릉이 이 음나무 부근에 있으니 결국은 말없이 역사를 증언하는 자연물로서 위용을 느끼지 않을 수 없다.

세상에 나보다 먼저 나와서 민족과 국가의 흥망성쇠를 오래도록 보아온 음나무는 인간의 나약함과 슬픔에 대해 무슨 생각을 하고 있을까? 세월이 흐르는 가운데 음나무가 터득한 오랜 지혜, 삶의 아픔과 고통을 이겨내고 잘 살아내는 비법을 그 앞에 앉아 가만가만 들어보고 싶다. 어린 음나무의 가시는 무시무시하게 보일 정도로 뾰족하고 많다. 그 가시들은 시간이 지날수록 더욱 단단해지다가, 십여 년이 넘어서면 비로소 떨어진다. 세월의 내공이 생긴 음나무에게, 곤충이나 해충의 피해를 막자고 달려 있던 가시는 더 이상 의미가 없다. 가시 없이도 자신을 지켜낼 수 있게 된 것이다.

사람들과 함께 살면서 그늘을 나누고, 아플 때는 마음을 쓸어주는 음나무는 진정한 동고동락이란 어떤 것인지 보여준다. 장릉의 주인공인 단종과 관련된 음나무 이야기는 또 한 번 우리를 부끄럽게 만든다. 단종은 숙부인 수양대군(세조)에게 억울하게 왕위를 찬탈당하고 영월로 유배되어 열일곱 살의 나이에 목숨을 잃었다. 어린 단종의 시신은 물결도 차디찬 10월 동강에 버려졌다. 시신을 수습하는 자는 삼족을 멸한다는 세조의 불호령에도 불구하고 영월의 호장 엄흥도가 아들과 함께 단종의 시신을 수습하였고 죽임을 당하였다. 단종의 능 앞에 음나무는 단종을 엄호하려는 엄흥도의 환생으로 단종의 충목(忠木)이라고 사람들에게 여겨졌다.

단종의 사당 뒤에도 음나무가 보호수처럼 둘러서 있는데, 단종이 죽어서도 해코지를 당하지 않을지 눈 부릅뜨고 지켜보는 듯하다. 어린 왕의 죽음을 사후세계에서까지 살피고자 했던 나무의 절개가 신의를 쉽게 저버리는 세상 사람들에게 가시 돋친 호령을 놓는 것이 아닐까? 이렇듯 음나무는 살아 있는 사람들이 액운을 쫓기 위해서만 사용한 것이 아니라, 죽은 자를 지키기 위해서도 사용되었다. 이쯤 되면 음나무를 의리의 나무, 의목(義木)이라 불러도 좋을 것이다.

단종이 생의 마지막을 보낸 유배지인 탓에 태백과 영월 지역에는 음나무에 관련된 단종의 이야기가 많이 전해져 온다. 익한(益漢) 추충신(秋忠臣)은 어린 단종이 살아 있을 적 산머루를 따다 바치곤 했는데 어느 날, 단종과 헤어진 지 얼마 되지 않아 단종의 부음을 듣게 되었다. 익한은 죽음 직전에 단종을 만났던 태백산 계사폭로로 돌아가 단종의 뒤를 따라 목숨을 버렸다고 한다. 그 후 단종과 추익한은 태백산 산신령이 되었다고 하는데, 태백산 일대에 음나무가 많은 것은 그 가시들로 나쁜 기운을 물리치기 위함이라고 한다. 정선군 여양리 노산군(단종)을 모신 서낭당에도 이와 유사한 전설이 전해진다. 세월이 흘러 삶과 죽음을 몇 차례 지나오면서도 그 소임을 다하려는 음나무의 충절은 시대 가치가 달라진 오늘날까지도 왠지 보는 이를 숙연하게 만든다.

이쯤 되면 사람이나 나무나 가시를 가졌다고 불편하게 볼 일만은 아니다. 누가 어떻게, 어떤 가시를 가지느냐에 따라 가시

마을과 집안의 수호신 역할을 해온 음나무.

의 의미와 매력은 무궁무진하다. 러시아 격언에는 '사랑하는 사람의 눈에는 장미꽃의 가시도 안 보인다'라는 말이 있다. 마음을 내어 사랑하게 되면 가시 따위는 보이지 않는다는 말은 결국, 장미를 얻으려면 손에 가시가 박히는 아픔쯤은 당연히 참아야 한다는 소리가 아니겠는가.

한 분야의 전문가가 되기 위해서는 가시처럼 날카로운 시선을 유지하고, 예민한 가시 같은 감각을 견지하고, 주제를 꿰뚫는 가시 같은 언어로 사물을 분석할 줄 알아야 한다. 가시는 그저 외부로부터 자신을 보호하기 위한 수단만이 아닌 것이다.

이제 가시를 다른 각도에서 바라볼 필요가 있다.

또 하나, 다른 사람의 가시 돋친 말에 신경 쓰기보다 자신의 마음속 가시를 뽑아내기 위해 신경 써야겠다. 음나무가 세월을 보내며 자신의 가시를 지워버리듯 우리도 마음속의 가시는 떨구고, 초심의 마음으로 가시의 날을 세웠던 시작을 기억한다면 넉넉하게 오래도록 진실한 삶을 살 수 있지 않을까?

눈 먼 손으로
나는 삶을 만져보았네.
그건 가시투성이였어.

가시투성이 삶의 온몸을 만지며
나는 미소지었지.
이토록 가시가 많으니
곧 장미꽃이 피겠구나 하고.

– 김승희, 「장미와 가시」 중에서

아직도 떼어내지 못한 내 마음속 가시를 들여다본다. 공연스레 가시를 내보이며 신경을 곤두세웠던 과거의 모습을 떠올리면 얼굴이 붉어진다. 무엇을 그리 지켜내고자 독 오른 가시처럼 날을 세웠을까? 청춘의 그 어느 날에 우리 얼굴이 혹 음나무의 어린 가시를 닮아 있던 것은 아니었을까?

06

귀화식물,
마음을 열고 손님을 들이다

사람은 땅 위에도 하늘에도 영역을 표시하지만, 날아가는 새는 하늘에 금을 긋지 않고, 식물의 씨앗은 살 만한 곳에서 뿌리를 내리고 살아갈 따름이다. 우리가 살고 있는 이 대지는 품에 들어온 사람도 식물도 내치는 법이 없다. 지구는 본디 한 덩어리이다.

여자와 남자가 시집 장가를 가면 서로 다른 생활 습관과 음식 문화를 맞춰가는 과정이 녹록하지 않다. 하물며 살던 나라를 바꾸어 관계를 맺을 때에는 더욱 힘겨운 일들이 속출한다. 글로벌 시대를 맞이하여 식물들도 다른 나라로 진출하는 일이 용이해졌다. 그렇다면 식물들에게 타지 생활이란 어떤 것일까?

식물의 원거리 이동은 예전부터 있어왔던 일이다. 그 당시에도 불법이었던 고려 공민왕 때 문익점의 목화씨 반입은 교과서에까지 나오는 흥미로운 이야기이다. 국경 부근 마을에서는 말이나 마차 등의 운송수단이 씨앗을 전파하는 역할을 담당했다.

이와 같이 반입된 귀화식물(歸化植物, naturalized plants 또는 alien plants)은 '외래식물 중 자손 번식에 성공하여 우리 자생식물처럼 살아가는 식물'을 가리키는 단어이다. 길가에 핀 토끼풀과 민들레, 달걀꽃이라는 별칭을 가진 개망초, 달밤에 꽃잎을 여는 달맞이꽃…… 뜻밖에도 이것들은 모두 귀화식물로 분류된다. 그러나 이 분류는 오로지 인간에 의한 것이다. 국경이라는 것도 오로지 인간들이 그은 것이다. 식물의 입장에서는 지구 전체가 자기 땅이고 집이다. 뿌리내리고 자랄 수 있는 곳이라면 그저 살아갈 뿐이다. 인간이 만든 것에는 신경 쓰지 않는다.

많은 귀화식물이, 사람에게 해를 입히거나 자생식물이 살던 공간을 점령해서 지금까지 유지되어오던 생태계의 균형을 무너뜨린다고 따가운 눈총의 대상이 된다. 다른 종에 대해 선 긋기를 좋아하는 인간들이, 식물도 국경을 넘어오면 우리 것이 아니라고 쳐내니, 민들레 씨앗이나 송화 가루는 바람을 타고 날다 말고 여권이라도 보여줘야 할 판이다. 서양등골나물이나 단풍잎돼지풀 등은 매년 대대적인 제거 작업의 수난을 겪는다. 단풍잎돼지풀은 알레르기를 일으킨다는 이유로 퇴치명단에 올랐다. 사실 알레르기의 원인이 되는 식물은 귀화식물뿐이 아닌데도 단지 외지에서 왔다는 이유로 유독 표적이 되고 있는 것이다.

귀화식물은 먼 타국까지 와서 자손 번식에 성공했으니 생명력의 강인함은 말할 필요조차 없다. 그들은 대체로 척박한 곳에서도 잘 자라는 특성을 지닌다. 각종 건설과 공사로 파헤쳐져 다른 식물이 살 수 없는 환경에서조차 그들은 선두주자로서 땅에 뿌리를 내리어 불모지를 초록의 땅으로 만든다. 공사 현장에서도 오롯이 예쁜 꽃을 피워내는 것이 바로 귀화식물이다.

서울의 난지도는 귀화식물이 자리 잡은 대표적인 지역이다. 난지도는 15년 동안 서울 사람들이 삶의 증거로 내다버린 쓰레기들을 모아 산으로 만든 곳이다. 신의 작품이 아닌 이 인간의 작품은 온갖 오염물질로 인해 생명체가 살 수 없는 공간으로 여겨졌다. 그런데 쓰레기 위에 흙을 덮는 복토 작업을 하고 난 지 2년이 지나 난지도에서 싹을 틔운 생명이 있었으니 바로 외국 국적을 가진 귀화식물이었다. 아까시나무를 비롯해 개망초, 환삼덩굴, 서양등골나물 등이 자신의 터전을 이곳에 마련했다. 그들은 마치 인간의 치부를 덮어주는 자연의 손길과도 같았다.

사회적으로 '3D(dirty, difficult, dangerous) 직업'이라는 단어는 사람들이 회피하는 직업을 일컫는 말이다. 그러나 실상 이런 직업이야말로 우리가 세상을 살아가는 데 반드시 필요하고 없어서는 안 되는 소중한 일들이다. 국내의 젊은이들이 회피하는 바람에 많은 외국인 노동자들이 이 직업을 오랫동안 담당하고 있다. 농사도 외국인의 손길이 없으면 포기해야 할 상황이라고 한다. 사람이나 귀화식물이나 궂은일을 하고도 국적 때문에 공을 인정받지 못하는 것은 매한가지이다. 이 땅에서 귀화식물의 삶은 어떠할까? 이들도 사람 사는 세상과 똑같은 아픔을 겪어내고 있을까?

줄기에 털이 달린 듯 잎이 나는 리기다소나무.

우리의 산이 어디를 가도 푸르른 것은 그리 오래된 일이 아니다. 60년 전쯤 전쟁으로 온 나라가 황폐화되었을 때 전국의 산은 민둥산이었다. 풀 한 포기 없는 산에 나무를 한 그루 한 그루 심어가는 '산림녹화산업'이 성공해서 이제 대한민국 어디를 가도 초록의 숲이 무성해진 것이다. 황폐한 산을 푸르게 바꾸는 데는 적응력 좋고 빨리 자라는 나무가 필요했다. 그 과정에서 중요한 역할을 한 나무가 바로, 줄기 군데군데에 털이 난 것 같은 리기다소나무와 아카시아로 잘못 알려진 아까시나무였다.

그러나 막상 산이 푸르러지니 리기다소나무는 목재로서 가치가 없다고 천대받아 벌목 대상 1위라는 서글픈 현실을 맞게 되었다. 아까시나무도 목재 가치도 없고 넓은 면적을 단시간에 뒤덮어버린다고 미움 받고 있다. 사람이 뒷간 들어갈 때와 나올 때가 다르다는 말처럼, 목재로서 소용 가치가 없다고 태도가 돌변하는 사람에게 서운한 마음이 들 법도 하다. 사실 아까시나무는 꿀을 생산하는 데 탁월하며, 시간이 지나면 저절로 수가 줄어들어 스스로 생태계의 균형을 맞춘다.

귀화식물의 대표로서 민들레를 예로 드는 게 좋겠다. 알다시

서양민들레. 총포의 방향이 토종민들레와 다르다.

피 민들레는 전국 방방곡곡 길가에, 산 입구에, 도시의 보도블록 틈새에서도 잘 자란다. 민들레가 없는 곳은 생태계의 사막이라 불러도 무방할 정도이다. 너무도 가깝고 친숙한 민들레는 서민의 꽃으로 간주되고 그림이나 시에도 자주 등장하는 소재이다. 요즘 한창 대두되는 '생태', '에코' 등의 단어와 함께 자주 보이는 이미지 중 하나가 민들레 홀씨라고 오해되는 민들레 갓털이다. 홀씨는 포자(胞子, spore)라고도 부르는데 가루받이를 하지 않고도 홀로 새로운 개체로 자랄 수 있다. 고사리 잎 뒤에 붙은 씨가 홀씨에 속한다. 그러나 민들레는 분명 가루받이를 하므로 홀로 자라는 홀씨가 아니다.

민들레에는 서양민들레와 토종민들레가 있다. 서양민들레에 비해 흔치 않은 토종민들레는 흰색이나 연한 노란색을 띠고

흰색이나 연한 노란색을 띠는 토종민들레.

있다. 그리고 꽃이 서양민들레에 비해 촘촘하지 않고 성글다. 두 민들레가 생긴 모습은 거의 비슷하지만 몇 가지 특성으로써 구분이 가능하다. 가장 확실하고 쉬운 방법은 꽃받침으로 구분하는 것이다. 민들레꽃 받침(총포)이 위로 향하고 있으면 토종민들레, 아래를 향하고 있으면 서양민들레이다.

서양민들레는 번식력 면에서 토종민들레와 비교할 수 없을 정도로 자손을 많이 퍼뜨린다. 그 이유 중 하나는 토종민들레가 타가수분을 한다는 점이다. 즉 같은 꽃에 있는 암술과 수술이 서로 결혼하지 않는다. 반면에 서양민들레는 자가수분을 한다. 하나의 꽃 안에서 서로 결혼할 수 있다는 것이다. 자가수분은 식물들이 타가수분이 어려운 경우 차선책으로 택하는 방법인데, 서양민들레는 자가수분을 하므로 번식 속도가 대단히 빠르다. 토종민들레가 귀해지는 현실은 안타깝지만, 번식이 용이하여 새 땅에 정착했으니 함께 살아갈 방도를 어떻게든 모색해야 하지 않을까?

민들레만큼 빠른 속도로 번져가는 식물이 바로 서양등골나물이다. 서양등골나물은 남산과 워커힐 호텔 부근에서 처음 발견되었고, 지금은 우리나라 전역의 마을 구석구석에서까지 자라고 있다. 서양등골나물은 국화과 식물로 작고 하얀 꽃 여러 송이가 한 송이를 이루듯 모여 피어나 꽃다발처럼 보이기도 한다. 사람들은 예쁘다고 감탄하다가도, 귀화식물이고 번식력이 강해 우리나라 곳곳을 장악하고 있다고 하면 금세 시선을 달리

꽃의 모양은 같지만 잎이 다른 등골나물(위)과 서양등골나물(아래).

해 곱지 않게 쳐다본다. 이름에서부터 외지 출신임을 확연히 드러낼뿐더러 생태계 교란종으로 퇴치 대상의 일번 주자가 되었다. 서양등골나물을 뽑아내는 작업은 학생들의 봉사활동이기도 하고 여러 단체에서 벌이는 환경운동 행사의 일환이기도 하다. 이런 작업이 회의적으로 보이는 이유는, 몇 시간을 뽑는다고 그들의 번식력과 생명력에 맞설 수 있을지 의심스럽기도 하고, 생명의 가치와 아름다움을 볼 줄 아는 태도를 먼저 학습하는 것이 바른 순서라고 보기 때문이다.

외래종이 너무 쉽게 번식하는 것도, 이미 자리 잡은 귀화식물을 무작정 뽑는 것도 마음을 불편하게 하기는 마찬가지다. 자기가 태어난 나라에서는 사랑받았을 식물이 남의 나라에 와서 몹쓸 존재가 되고 말았으니 애석한 현실이 아닌가. 서양등골나물을 뽑아내는 것이 민족적이거나 애국적인 행동이라고 보는 데에는 확실히 문제가 있다. '가장 민족적인 것이 가장 세계적인 것'이라는 말이 바깥 것에 대한 배타성을 의미하지는 않는다. 식물을 비롯한 모든 생명이 함께 어울려 사는 지혜를 먼저 볼 줄 알아야 한다.

벚나무는 일본인이 한반도 곳곳에 심어놓고 갔다는 이유로 봄의 절정을 빛내고 있음에도 마음껏 예뻐하지 못했던 식물이다. 국회가 있는 여의도, 진해 군항제를 비롯해서 큰 사찰에 들어가는 입구에는 오래된 벚나무가 군인들처럼 이열종대로 늘어서서 벚꽃터널을 만든 곳이 많다. 그러나 벚꽃을 맘껏 즐기는 것이 괜스레 죄스러웠다. 예쁜 얼굴을 제대로 보지 못하고 곁눈질로 흘끗흘끗 훔쳐보았다. 한국 고유종인 왕벚나무는 우리나라 꽃임에도 귀화식물처럼 푸대접을 받는 식물이다. 선입

견을 버리고 꽃잎의 꿈같은 흩날림을 만끽하는 것이, 온 힘을 다해 피어난 벚꽃이라는 생명에 대한 예의가 아닐까? 바람은 머릿결을 흔들고 벚꽃은 잠잠하던 춘심(春心)을 흔들어놓는다.

외국에 진출한 우리나라 나무도 많다. 그중 인동덩굴은 미국의 동부, 유럽이나 뉴질랜드까지 퍼져 있다고 한다. 찔레꽃이나 화살나무, 쥐똥나무와 으름덩굴도 세계 곳곳에 진출한 나무이다.

우리에게 그다지 익숙하지 않은 순비기나무도 미국으로 건너간 예이다. 바닷가 모래밭에 살며 보라색 꽃을 피우는 식물인데 해안가에 사는 사람이 아니면 볼 기회도 적어 잘 모르는 것이 당연하다. 순비기나무는 바닷가 모래에서 옆으로 기어가며 뿌리를 내린다. 이 뿌리가 모래를 잡아주어 밀려오는 바닷물에 의해 모래가 떠내려가는 것을 막아준다. 순비기나무가 모인 곳은 해안선을 유지하는 역할을 하고 모래를 쌓이게 하여 다른 해안식물이 자랄 수 있도록 자리까지 마련해준다.

이렇게 좋은 일을 많이 하는 순비기나무가 미국에서 수난을 당하고 있다는 소식이 들려온다. 처음에는 미국에서 해안침식을 방지하기 위해 순비기나무를 도입해 심었다. 그러나 순비기나무가 무성해지자 바다거북이 알 낳을 장소가 없어지고 그나마 부화한 바다거북의 새끼들도 나무뿌리에 걸려 더 나아가지 못한 채 죽어갔다. 또 순비기나무는 그 지역의 자생식물을 자라지 못하게 하는 물질을 밖으로 내보낸다고 한다. 그래서 우

바닷가의 보라색 순비기꽃.

리나라의 서양등골나물의 경우처럼, 북부 캐롤라이나 주에서는 순비기나무를 생태계 교란종으로 지정하고 대대적인 퇴치 운동을 벌이고 있다는 것이다.

역지사지(易地思之)를 떠올리지 않을 수 없다. 다른 나라 식물이 들어와 우리 식물에 영향을 준다고 하면 씨를 말릴 듯 달려들면서, 반대 상황이 되면 눈총받는 우리 것이 안타까울 뿐이다. 사람은 땅 위에도 하늘에도 영역을 표시하지만, 날아가는 새는 하늘에 금을 긋지 않고, 식물의 씨앗은 살 만한 곳에서 뿌리를 내리고 살아갈 따름이다.

이제는 길에서 외국인을 만나는 일이 이색적인 일이 아니다. 중국인과 일본인을 비롯한 동양인뿐 아니라 유럽과 미국 등에서 온 서양인도 거리에서 자주 만난다. 특히나 우리나라에는 외국인 이주 노동자와 더불어 결혼으로 국적을 취득한 동남아시아 여성이 많다. 이들은 우리 사회의 동등한 구성원이다. 그럼에도 여전히 이들은 법적으로뿐만 아니라 우리들의 마음으로도 차별을 받고 있다.

내가 약국을 운영하던 지역은, 자동차로 30분쯤 떨어진 곳으로 제약회사 공장이 많은 곳이어서 그곳에서 일하는 외국인 노동자들을 종종 볼 수 있었다. 어느 늦은 저녁, 약국으로 젊은 외국인 한 명이 들어왔다. 그는 화가 나 있었다. 그의 말인즉 병원에 가서 처방을 받았는데 부작용이 있어서 처방을 변경해달라고 했더니만 그의 요청은 무시된 채 똑같은 처방을 받았다는 것이었다. 그는 필리핀에서 대학을 나와 교사로 일했다며, 자기가 필리핀 사람이 아니라 미국이나 유럽에서 온 사람이었더라면 이런 처방을 했겠느냐며 몹시 불쾌해했다. 나는 서로 소통이 잘되지 않았던 모양이라고 그를 진정시키면서 약에 대한 조언을 해주었고 병원에 연락해서 그의 요청을 다시 전달했다.

벌써 10년 전 일이니 그때만 해도 이주 노동자에 대한 인식이 지금보다 훨씬 떨어질 때였다. 그러나 시간이 많이 흐른 지금도 우리들의 인식은 그와 비례해서 나아진 것 같지 않다. 이주 노동자들은 사회의 한 부분을 차지하는 노동력일 뿐 아니라 가족을 이루고 우리와 함께 사는 사람들이다. 귀화식물을 보면 외국인 노동자나 다문화 가정이 겹쳐져 떠오른다. 사람뿐 아니라 다른 나라의 문화에 대해서도 우리는 너무 배타적인 태도를 취하고 있지 않은지 반성해본다.

한때 '단일민족국가'라는 단어를 꽤나 자랑스러운 단어처럼 배웠던 시절이 있었지만 이제는 교과서에서도 사라졌다. 학창시절에 각인된 지식은 머리에서나 가슴에서나 바꾸기가 쉽지 않다. 우리의 것은 악착같이 지켜야 하고 외부로부터 들어온 것은 사대주의 아니면 무시하기, 둘 중 하나의 태도로써 반응하는 것이 우리 한국인의 실상이다. 2013년 기준, 다문화 가정은 75만 명이다. 여기에 국적 취득은 하지 않았지만 경제활동을 하는 외국인 수까지 더한다면 그 수치는 엄청날 것이다. 외국인은 이제 우리와 함께 사는 식구임이 분명하다. 그럼에도 한국의 외국인 노동자 비율은 OECD 국가 중 최저라고 한다. 사람에 대해서도 식물에 대해서도, 정책과 실제 모두 우리가 너무 폐쇄적이라는 사실을 인정해야 한다. 조선의 쇄국정책이 아직도 암암리에 계속되고 있는 것일까?

미국에서 한국계 사람이 어떤 분야에서든 상을 타면 신문에 대서특필 되고 범죄를 저질렀다고 하면 국민 모두가 부끄러워하는 이 현상은 유독 한국에서만 벌어지는 기이한 현상이다. 한국계라 함은 그들의 국적이 이미 타국임을 의미한다. 그들이 상을 탔다고 해서 대한민국의 상이 아니며 그들이 잘못을 했다고 대한민국이 사죄할 일도 아니다. 미국 버지니아 주에서 총기사건이 났을 때 한국인들이 사죄하는 것에 미국인들은 이해할 수 없다는 반응을 보였다. 분명히 그 일은 미국의 일이다. 우리에게는 단일민족국가라는 것이 자긍심으로 뿌리 깊이 박혀 있어 한국인의 유전자가 섞인 사람의 행동 하나하나에 민감한 반응을 보이는 듯하다.

밖으로 날아간 씨앗에 연연해하고 밖에서 들어온 씨앗을 품지 못하는 흙은 넉넉함을 잃었다고 해야 할 것이다. 실제로 우리가 살고 있는 이 대지는 품에 들어온 사람도 식물도 내치는 법이 없다. 지구는 본디 한 덩어리이다. 나는 아까시나무의 꿀이 맛있고 서양등골나물의 꽃이 예쁘다.

"그대여 그대여 그대여 그대여 그대여"로 시작하는 벚꽃 휘날리는 목소리, 버스커 버스커의 〈벚꽃엔딩〉이다. 벚꽃의 백미는 난분분 난분분 흩어지는 눈꽃 같은 꽃잎에 있다. 요즈음의 젊은 악공들에게도 벚꽃은 그런 이미지이다. 이런 사랑스러운 꽃을 두고 어찌 '둘이서 손잡고 걸으며' 사랑을 나누지 않을 수 있겠는가.

꽃이 피고 꽃이 지는 길목에서 인생을 통찰하는 시인 고은은 한 굽이 너머 꽃피는 날의 서정을 이렇게 넘어가며 말한다. 툭툭툭, 뭉툭한 손으로 여유롭게 어깨를 두드리며 빙그레 웃음을 띤 채.

저 서운산 연둣빛 좀 보아라

이런 날
무슨 사랑이겠는가
무슨 미움이겠는가

– 고은, 「순간의 꽃」 중에서

꽃이 피고 지는 데 무슨 이유가 있겠으며, 아웅다웅 다툼이 봄날 앞에서 무슨 소용이 있겠는가. 그래도 '무슨 사랑, 무슨 미움'이라 말할 수 있는 것은 '어떤 사랑, 어떤 미움'을 해본 뒤에야 비로소 가능하다. 그렇게 휘날리던 연분홍 마음은 젊음이 피워낸 춘정(春情)이다. '연분홍 치마가 봄바람에 휘날리더라'라고 태연한 척 노래하지만 "꽃이 피면 같이 웃고 꽃이 지면 같이 울던 / 알뜰한 그 맹세에 봄날은 간다"라는 사연은 사랑과 미움으로 가라앉혀야 하는 통과의례 같은 것이다. 과연 우리들의 '알뜰한 맹세'는 어디쯤에 있는 것일까?

벚꽃축제를 보러 하동에서 쌍계사에 이르는 십리 벚꽃길로 달려가지 않더라도, 동네 어귀나 어린이대공원 등에 핀 벚꽃은 요즈음 한국 사람들에게 개나리나 진달래보다 더 중요한 봄의 전령사로 자리 잡은 듯하다.

실제로 우리가 보는 대부분의 벚꽃은 토종식물이다. 많은 이

하동십리 벚꽃길과 2000년이 넘은 일본의 벚꽃 '야마타카 진다이자쿠라'.

들이 제주도 왕벚꽃이 일본으로 건너가 일본 사쿠라의 80퍼센트를 차지하는 '소메이요시노(そめいよしの/染井吉野)'가 되었다고 말하지만, 이듬해인 2007년 미국 농무성에 유전자 분석을 의뢰한 결과 한국의 벚꽃과 일본의 벚꽃은 서로 다른 종이라고 밝혀졌다.

역사적으로 식민시대를 관통한 한국 사회에서 일본에 대한 불편한 정서는, 아베 정권이 설쳐대는 이 시대에도 여전하다. 어떤 경로로 어떻게 꽃나무가 들어왔고 무엇을 상징하는지, 그리고 현실을 어떻게 긍정적이고 생산적으로 재창조해야 할지 해답을 찾는 일은 남겨진 후손들의 발상의 전환과 노력에 따라 바뀔 수 있다.

오늘날 경제, 사회, 문화 등 다방면에 있어 국제적인 교류가 활발해지면서 바깥 문화의 유입과 이에 따른 우리 문화의 변이는 자연스러운 현상이 되었다. 문화적 혼종성(cultural hybridity)

을 앉은 자리에서 장소와 시간의 경계 없이 경험할 수 있게 된 것이다. 더욱이 정보기술의 발달로 서로 다른 지역의 문화가 초 단위로 상호작용하고 있다.

까마득히 머나먼 옛날에 유입되거나 이입되어 기원을 알 수 없을 만큼 자연스럽게 이 땅에서 자라고 사라지는 꽃과 나무, 그리고 풀들이 있고 노래와 춤이 있다. 식민지와 한국전쟁을 겪지 않은 세대가 이미 중년을 넘어 노년을 바라보고 있다. 지금 힐링을 이야기하는 삼사십 대는 벚꽃이 일본의 꽃이라고만 생각하지 않는다. 이들은 한국인의 깊고 구불구불한 향토적 벚꽃 길을 보고 자랐다. 그리고 이제 아픈 역사적 기억을 넘어 우리만의 꽃길을 만들어 그 길을 따라 문화와 예술을 꽃피우고 있다.

한국과 일본의 근현대 피시로드(fish road)를 집중 탐구한 다케쿠니 도모야스(竹國友康)는 『한일 피시로드, 흥남에서 교토까지』를 통해 재미있는 비유로써 왜곡된 문화시각을 교정하고자 했다. 이를테면 한국인이 제수에도 사용할 정도로 좋아하는 명태를 비롯한 많은 어류는 일본해역에서 잡혀 부산항에서 유통된다. 명태알로 만든 것이 명란젓인데 이는 일본 사람들이 좋아하는 음식으로 일본으로 대다수 수출된다. 양국에서 인기 많은 명태가 한국에서 여러 가지 이유로 잡히지 않자 저자는 한국의 명태 맛과 그 상징성이 지속되기를 바라는 마음으로 "명태야, 어느 바다라도 좋으니 반드시 길이길이 살아남아다오"라고 기원한다. "먹장어는 일본 깃발이나 한국 깃발을 세우고 바닷속에서 '자신'을 주장하지 않는다. '일본산' '한국산' 따위를 구별하기에 집착하는 존재는 우리 사람들뿐이다. 물고기들 입장에서 보면 어디나 다를 바 없는 그냥 '하나의 바다'이다"라고 그는 말한다. 벚꽃 역시 그렇다. 뿌리 내리기 좋은 곳에서 자신의 삶을 피워낼 뿐이다.

분분히 흩어지는 날개를 가진 벚꽃은 너무도 아름다워 서글퍼질 정도이다. 벚꽃은 문학이나 예술에 영감을 제공하는 소재이다. 가수 심규선(Lucia)은 "꽃처럼 한 철만 사랑해줄 건가요"라고 묻는다. 꽃도 사랑도 한 철이다. 그런데 꽃도 사랑도 영원하다. 떨어지는 것은 아름답고 슬프다. 아름다웠던 것들이 사라지기에 아름다운 것이다. 벚꽃의 순간적인 아름다움을 일본 사람들이 놓칠 리 없다. 열일곱 자의 미학인 짧은 정형시 하이쿠는 계절을 드러내는 단어를 통해 지혜의 향연을 펼친다. 그중 벚꽃과 단풍은 하이쿠의 백미이다. 하이쿠의 달인 승려 료칸은 벚꽃을 "지는 벚꽃 / 남은 벚꽃도 / 지는 벚꽃"이라는 세 마디로 삶과 죽음, 그리고 인생을 그려놓았다. 작은 벚꽃 이파리가 떨어질 때 예술적 영감은 더욱 풍요롭게 피어난다.

그럼에도 벚꽃은 한국 사람들에게 한편으로 마음을 불편하게 하는 꽃이다. 문제는 벚꽃의 역사적 유래를 기억하는 우리 세대의 아픔에 있다. 상춘객의 마음을 흠뻑 적시어 넋 놓고 마음을 빼앗기다가도, 정치적 반일감정이나 민족주의가 작동될

'꽃처럼 한 철만 사랑해줄 건가요.'

경우 벚꽃은 일진광풍에 날아가버린다. 역사의 페이지가 한 장 한 장 넘어가면서 삶의 현장 속에도 벚꽃은 한 장 한 장 피고 진다. 많은 문학인들이 벚꽃의 아름다움과 스러짐에서 영감을 얻고, 동네 어귀마다 이 꽃이 천지 빛깔을 물들이고 있다.

이 땅에서 우리와 함께 울고 함께 웃는 벚꽃은 기쁘고 슬프고 아프고 눈물겹고 즐거운 모든 감정을 빼곡히 담고 있다. 그 옛날 유비 · 관우 · 장비가 어지러운 세상을 구하려는 뜻을 품고 복숭아나무 아래서 형제의 의를 맺으며 의기투합하여 도원결의를 이루었던 것처럼, 오늘날 우리는 벚꽃 아래서 결의를 피워낸다. 사월 말에 피었던 벚꽃이 이제는 홍매화, 개나리, 진달래, 목련과 함께 다투어 피어난다. 세상이 온통 뒤섞임이다. 이념도 시간도 죄책감도 문화차이도 떨쳐버리고 비로소 온전한 눈동자로 벚꽃을 바라보는 시간이다.

한 신문기사의 헤드라인은 '5백 년 쌓인 혼종 문화의 힘, 가난함 속에도 잠재력 번득'이라고 쿠바의 상황을 언급했다. 문화적 혼종성은 특별한 힘에 다름 아니다. 이 혼종성의 핵심에서 있는 것은 물론 '나'이다. 벚꽃 흩날리는 아래서, 알뜰한 맹세를 꿈꾸는 우리는 한국인이며 지구인인 동시에, 지금 이 순간을 사는 '나'이다. 나는 세월과 함께 흐르는 꽃이요, 생명이요, 다시 한국인이다.

분분히 흩어지는 날개를 가진 벚꽃.

07

소나무의 푸름과 배롱나무의 붉음에게 묻다

꽃을 닮은 삶을 살겠다는 약속은 지키기 쉬운 약속이 아니다. 소나무와 배롱나무가 우리에게 주는 진정한 교훈은 아무도 모르게 거듭나고 거듭날 준비를 해야 한다는 것이다. 하얀 뼈를 드러내며 휑하게 서게 될 것을 각오하면서까지 붉게 타오를 준비가 되었는지 그들은 우리에게 묻는다.

영원한 푸름과 다함없는 붉음

아기가 새로 태어났을 때 대문에 거는 금줄에, 나쁜 기운으로부터 아기를 보호하려는 기원을 담아 푸른 소나무 가지를 꺾어 꽂는 풍습이 있었다. 또한 딸이 태어나면 오동나무를 심고 아들이 태어나면 소나무를 심는 전통이 있었다. 오동나무는 딸이 장성하여 혼례를 치를 때쯤 가구를 만들 수 있을 정도로 크게 자라는 나무였기 때문에 심었다고 한다. 반면 소나무는 죽음을 맞이했을 때 관을 짜기 위해 심었다고 한다. 우리 조상들은 이렇게 나무를 통해 탄생과 성장 과정과 죽음 등 삶의 각 단계에 남다른 의미를 부여했다.

묏자리 주변에도 소나무를 심었는데 이는 과학적으로도 의미가 있다. 소나무의 잎은 다른 나무가 자라지 못하도록 화학

물질을 분비하는데 이를 '타감작용(Allelopathy, 他感作用)'이라고 한다. 일종의 천연 제초제인 셈이며 식물 방어기제의 하나이다. 소나무의 잎이나 껍질에는 방부제의 일종인 벤조산(benzoic acid)이나 페놀산(phenolic acid) 등이 있어 주변에 다른 나무의 씨앗이 날아와 자라는 것을 방지하는 효과가 있다. 그래서 소나무 주변에는 작은 나무나 풀들이 잘 자라지 못한다. 소나무는 다른 나무들에게 곁을 허용하지 않는다. 독야청청 홀로 서 있는 소나무가 많은 이유는 이와 같다. 푸른 잎을 사시사철 유지하기 위해, 다른 것들과 양분과 공간을 공유하지 않는 것인지? 소나무가 푸름과 절개의 아이콘인지, 이기적 유전자의 아이콘인지는 시대적 상황에 따라 해석이 달라질 것이다.

어우렁더우렁 함께 사랑하고 다투면서 사는 숲 속 나무도, 곁을 내지 않고 홀로 푸른 소나무도 인간이 사는 모습과 크게 달라 보이지 않는다. 사람은 태어나 죽음을 맞이하고, 사랑도 왔다가 떠나가고, 젊음도 세월에 업혀 지나간다. 젊음은 늙음으로 인해 더욱 귀하고 그 늙음과 죽음으로써 진정한 삶이 완성된다. 변하지 않고 떨어지지 않는 조화도 아름답지만, 죽음을 내재한, 살아 있는 꽃은 그림자조차 아름답다. 그러나 동시에 우리 삶에서는 늘 푸른 잎을 달고 있는 소나무처럼 변하지 않고 소멸하지 않는 것이 소중한 경우도 있다.

우리가 흔히 보는 소나무는 바늘잎이 두 장이다. 같은 족보에 속하는 리기다소나무는 세 장, 잣나무는 다섯 장이다. 잎이 달린 한 마디가 소나무의 1년이다. 소나무는 태어나 2년이 지나고 3년째가 되어야 잎을 떨군다. 한 가지에 삼대가 푸른 잎으로 공존하니 우리 눈에는 늘 푸른 잎이 무성하게 보이는 것이다. 자고 나면 새로운 정보와 기계들이 쏟아져 나오는 현대사회에서는 부모와 자식 사이 소통이 쉽게 단절되고, 두 세대 정도 지나버린 것은 박물관에 소장될 만한 골동품 취급을 당한다. 한 나무에 삼 세대의 잎이 사이좋게 공존하는 구조야말로 소나무가 풍성한 푸름을 유지하는 비결이다. 사람들에게도 세대 간 교감과 공존 모색이 비책이지 않겠는가.

삼대가 함께 사는 소나무는 후손, 즉 열매를 만드는 과정이 엄격하다. 소나무의 열매는 솔방울이라는 예쁜 이름을 가지고 있다. 소나무는 암술머리에 꽃가루가 수분되고 1년 6개월의 긴 수태 기간을 거친다. 이 기간 안에 소나무는 겨울의 혹한을 거치고 발아할 수 있는 능력을 부여받는다. 솔방울도 소나무 잎과 마찬가지로 여러 세대가 공존하는 대가족 체계를 지닌다.

일 년 중 최고의 계절이라는 5월에 소나무도 결혼을 한다. 바람 부는 날, 노란 소나무 꽃가루가 일시에 떼를 지어 날아가는 집단 구혼 장면을 목격할 수 있는데 이 꽃가루가 송화 가루이다. 바람을 이용하므로 예쁜 모양으로 곤충을 부를 필요가 없는 소나무는 꽃은 수수하지만 엄청난 양을 만들어낸다. 소나무의 학명은 '*Pinus densiflora*'로 'densi-'는 '자잘한'이라는 뜻이고, '-flora'는 '꽃'이라는 의미인바 꽃이 자잘하고 많은 식

소나무의 수꽃 위에 피는 암꽃과 노란 주머니에 꽃밥이 가득한 수꽃.

물이라는 것이다. 꽃의 숫자가 많고, 바람을 타고 퍼지고, 척박한 땅에서도 자란다는 점이야말로 소나무가 오랜 기간 지구 상에서 살아올 수 있었던 이유이다.

소나무는 우수한 유전자를 얻기 위해 여러 가지 장치를 해놓았다. 소나무는 암꽃과 수꽃이 함께 한 나무에 핀다. 그러나 같은 집안끼리의 결혼을 막으려고 암꽃은 위쪽에 그 아래에는 주머니 모양의 수꽃이 노랗게 달려 있다. 위치가 반대라면 수꽃의 꽃가루가 같은 나무의 암꽃에 떨어질 수도 있기 때문이다. 게다가 한 나무의 암꽃과 수꽃은 같은 시기에 성숙하지 않는다. 수꽃의 꽃가루에는 공기주머니가 달려 있어 바람을 타고 멀리까지 쉽게 날아가고, 그 후 암꽃이 성숙하여 피는 시기를 달리한다.

봄바람에 실려온 꽃가루는 한두 종류가 아닐 텐데 어떻게 소나무 처녀는 소나무 총각을 알아보는 걸까? 각 나무의 암술머리와 꽃가루는 같은 종끼리만 서로 들어맞는 특유한 구조를 갖는다. 퍼즐 맞추듯 맞아야 하므로 공기 중에 아무리 다른 종의 꽃가루 총각들이 널려 있어도 자기 짝을 용케 알아본다. 사람에게는 이러한 특이한 구조 대신 '콩깍지'라는 사랑의 감정이 작용하나 보다.

소나무의 중매는 원래 바람이 도맡고 있지만 바람의 역할을 대신한 사람들에 의해 '혼례'를 치른 소나무 이야기도 있다. 속리산의 정이품송이 노쇠해지자 후손을 공식적으로 남기려는 사람들의 노력이 시작되었다. 매년 정이품송의 꽃가루가 바람을 타고 날아가 퍼뜨린 씨앗이야 한두 그루가 아니겠지만 사람들이 일종의 족보를 원했던 것이다. 그래서 근처 서원리에 있는 소나무에게 정이품송의 꽃가루를 채취해 가루받이를 시켰는데 자손을 보는 데 실패했다. 다시 산림청장의 주례로 삼척에 있는 5백 살 연하의 금강송 나무와 혼례식을 진행하여 마침내 자손을 보는 데 성공하였다. 정이품송의 유전자를 이어받은 소나무 중 한 그루는 남산공원에 옮겨 심었다. 우리나라의 각별한 소나무 사랑을 보여주는 일화이다.

문득 의문이 들었다. 소나무에는 분명 암꽃과 수꽃이 함께 있는데 왜 벼슬을 하사받은 정이품송에게 남자 역할을 지정한 것일까? 현실적으로 정이품송은 나이가 많으니 꽃가루는 만들지라도 암꽃이 솔방울을 제대로 맺기는 어렵다. 여성이 완경을 맞이하여 생식 능력이 없어지는 시기에도 남성의 생식 능력은 더 오래 유지되는 것과 마찬가지인 자연현상이다. 가루받이에 성공한다 해도 열매와 씨앗을 만드는 데는 많은 에너지와 양분이 필요하기 때문에 6백 년이 넘은 정이품송에게서 후손을 기대하기란 쉽지 않다.

소나무가 자신들의 혼인 문제에까지 사람이 개입하는 것에 대해 어떤 의견을 갖고 있을지는 알 수 없다. 계보를 잇는다는 것도 사람의 욕심일 뿐 나무와 바람은 아무 말이 없다. 한평생이라 해봐야 고작 백 년도 채 못 사는 인간들이 하는 일을 보며 수백 년간 한곳을 지키며 서 있는 나무는 말이 없다.

반면 상록수가 아닌 꽃나무임에도 오랜 시간 동안 꽃을 달고 있는 나무가 있으니 바로 목백일홍, 일명 배롱나무이다. 유난히 반질거리는 나무껍질 때문에 지나가다가도 신기해서 한 번쯤 돌아보게 만드는 이 나무는 원숭이가 타고 오르다 미끄러졌다는 일화를 지니고 있다.

배롱나무는 봄기운이 완연해지는 5월이 되어서도 죽은 나무인가 싶을 정도로 도무지 꿈쩍하지 않는다. 봄꽃들이 씨앗을 맺고 여름의 신록이 짙어가 장년의 색을 내어 온 세상이 녹음으로 덮여갈 즈음에서야 꽃망울을 터뜨리기 시작한다. 여름에 개

백 일 붉은 배롱나무. 부단한 삶과 죽음의 교차만이 꽃을 피운다.

화하기 시작한 이 꽃은 가을이 올 무렵까지 꽃을 피운다. 백 일이면 석 달하고도 열흘인데 나무의 꽃이 이토록 오랫동안 피어 있는 경우는 많지 않다. 일 년 중 4분의 1 이상 꽃을 달고 있으니 상록의 소나무에 버금가는 어떤 비결이 숨어 있지 않을까?

대부분의 꽃은 줄기나 가지 끝에 달린 꽃봉오리가 먼저 피기 시작하여 아래 봉오리까지 이어지는데 이를 '유한화서(有限花序)'라고 부른다. 뜻을 풀이하자면 '한계(끝)가 있는 꽃의 순서'라는 의미로 가장 아래쪽의 꽃이 핀 뒤 지고 나면 끝이 난다는 것이다. 배롱나무는 이와 반대로 아래쪽부터 꽃이 피어나 가지 끝으로 계속해서 봉오리를 만든다. 따라서 아래쪽 꽃이 진 뒤에도 위쪽의 꽃은 계속해서 피어난다. 배롱나무처럼 위쪽의 새 가지에서 봉오리가 새롭게 생겨나면서 피어나는 개화 순서를 '무한화서(無限花序)'라고 부른다. 가을의 서늘함이 찾아올 때까지 배롱나무는 꽃을 피워낸다. 꽃은 졌으나 꽃은 핀다. 한 송이로서는 생을 다했으나 나무의 꽃은 백 일을 간다. 화무십일홍(花無十日紅)이라고, 피어서 열흘 아름다운 꽃이 없다고 한다. 그러나 백 일 아름다운 꽃이 있다.

가지 끝에서 이루어지는, 항상성을 위한 새로운 변화의 모색, 그것이야말로 아름다운 백 일을 가능하게 한다. 우리는 자신만의 꽃을 피우기 위해 어떻게 노력하고 있으며 어떤 과정을 겪어내고 있는지. 나무가 꽃을 피우는 것은 대단히 힘든 작업이며 많은 에너지가 필요하다. 그렇게 피워올린 꽃은 아름답다. 배롱나무는 무한화서를, 사람은 무한능력을 가졌다. 스스로 선을 긋고 개화를 포기하지 않는다면 누구나 마지막까지도 꽃을 피울 수 있다.

늘 푸른 소나무, 석 달 열흘간 아름다운 꽃을 피워내는 배롱나무, 그들은 정체되어 있지 않다. 세월이 흐르는 가운데에서도 무언가를 변함없이 유지한다는 것은 노력 없이 절로 성취되지 않는다. 내면으로부터 부단한 노력이 뒷받침되어야 한다. 소나무 잎은 3년을, 배롱나무의 꽃은 3백 일을 간다. 백 일은 나무 위에서, 백 일은 땅 위에서, 백 일은 나의 가슴속에서 피어 있다. 영원한 푸름으로 혹은 다함없는 붉음으로 남을 수 있도록 그대의 꽃나무 하나 키우시기를.

나의 여행은 두 가지 유형으로 나뉜다. 하나는 아는 사람과 색다른 장소를 찾아가는 여행, 다른 하나는 같은 장소를 낯선 사람들과 찾아가는 여행이다. 후자 유형의 여행을 내가 곧잘 즐기는 이유는, 같은 장소에 대한 낯선 이들의 서로 다른 생각과 감상을 접할 수 있기 때문이다. 대학에 입학한 뒤 내가 첫 여행지로 선택한 곳은 낙산사였다. 이후로 바다가 그리울 적마다 여럿이서 또는 혼자서 그곳을 찾곤 했다. 낙산사가 자리한 지역은 아버지의 고향이기도 했는데 이제는 내가 동행인을 달리하며 반복해서 여행하는 특정 장소가 되었다. 문학 수업을 통해 많이 접하게 된 낙산사라는 장소 덕에, 멀게만 느껴졌던 아버지의 고향에 정감도 느끼게 되었다.

낙산사의 해송은 변함없이 나를 따뜻하게 맞아준다. 낙산사 앞 바다와 소나무를 몇 시간이고 내려다보고 있으면, 아무리 벼랑 끝에 선 순간이라도 하던 일을 포기하지 말라고 내게 속삭이는 듯하다. 〈저 들에 푸르른 솔잎을 보라〉라는 노래의 가사처럼 "비바람 맞고 눈보라 쳐도 온 누리 끝까지 맘껏 푸르리라"라는 소나무의 의지가 나의 청년에 자연스럽게 삶의 철학으로 자리 잡았다.

우리는 늘 푸르기를 희망한다. 소나무가 언제나 푸르러 보이는 이유는 한 가지에 삼대가 푸른색을 띠며 같이 살고 있기 때문이다. 나무 안에서 서로 다른 세대가 공존을 모색하며 인내하고 버티기 위한 분투가 한창이지만, 사람들 눈에는 그런 치열한 과정은 들어오지 않고 어제 모양이 오늘 모양과 같아 보일 뿐이다. 마치 달과 물이 어제의 그것과 같지 않은 것처럼 소나무도 사실은 날마다 다른 존재인데 말이다. 한국 사람이 가장 좋아하는 나무가 소나무라는데 우리가 가장 좋아하는 나무에 대해 더 많은 것을 이해하고 관심을 갖는 것도 좋을 것 같다.

변화무쌍한 현대의 삶은 우리에게 변하지 않고 사는 것을 쉽사리 허용하지 않는다. 그것이 우정이든 사랑이든 추억이든. 소나무처럼 끝까지 변하지 않았으면 싶은 것들은 왜 그리 많은지, 그래서 우리가 소나무를 더 사랑하는 것은 아닐까.

그리스 로마 신화의 디오니소스는 솔방울 지팡이를 쥐고 있다. 이 솔방울은 영원히 사는 식물의 재생적인 측면과 불멸의

신을 상징하는데 이는 한국인이 갖고 있는 소나무의 전통적인 의미와도 부합된다. 소나무는 집과 집주인을 지켜주는 성주신(星主神), 사람이나 터를 지켜주는 당산나무로 인식되었다. 이러한 이유로 집을 지을 때나 조선 시대 궁궐을 지을 때에도 소나무를 사용하였다. 이렇게 소나무는 액을 막는 방패로서, 삶을 의탁하는 공간으로서, 또 눈앞에 두고 즐기는 관상용으로서 사람들과 늘 함께하였다. '소나무 아래에서 태어나 소나무와 더불어 살다가 소나무 그늘에서 죽는다'라고 인간의 삶을 한마디로 표현하는 것은 우리에게 자연스러운 일이다.

> 옛날에 뉘 집 자제가
> 삼천 그루의 푸른 솔을 심었는가.
> 사람의 뼈야 이미 썩었지만
> 솔잎은 오히려 무성하기만 하다.
>
> – 계응 국사, 『파한집(破閑集) 역주』 중에서

한국의 소나무들은 대체로 수령이 4백 년이 넘는다. 따라서 명이 길지 않았던 옛 사람들에게 소나무는 거의 영원불멸의 신령스러운 존재이자, 눈에 보이는 조상 같은 존재였다. 또한 그늘 푸른 기상을 언제나 닮고 싶어 했다. 계응 국사는 위와 같이 인간의 유한성과 소나무의 불멸성을 대조적으로 드러내면서 인생의 무상함을 이야기하고 있다.

우리도 그들처럼 묵묵히, 삼 천 년 뒤에 바람 소리를 들려줄 소나무를 심을 일이다. 우리 손으로 땀을 흘려 소나무를 심지 않으면, 우리의 미래에 늘 푸른 소나무는 없다. 날로 심해가는 기후 변화에 소나무가 계속해서 우리와 함께할 수 있을지는 장담할 수 없다. 〈애국가〉의 '남산 위에 저 소나무 철갑을 두른 듯' 이라는 소절이 어쩌면 우리 후손들에게 신화 같은 이야기로 남을지도 모른다. 아주 오래도록 우리 후손들이 남산 위에 저 소나무를 바라보며 〈애국가〉를 부를 수 있었으면 좋겠다.

소나무가 아니라면, 석 달 열흘 붉디붉은 배롱나무처럼 살아 보는 것은 어떨까. 배롱나무는 석 달 열흘 동안 붉은 꽃을 달고 있다 하여 그 꽃을 백일홍이라 부른다. 백일홍은 원산지인 중국에서는 '자미화(紫薇花)'라고 불렀는데 '자미'는 세상의 중심을 뜻하는 단어이다. 백 일 동안 붉게 살다가 꽃을 떨구고 나면 원래 모습 그대로를 관(觀)하라는 의미에서 스님들이 절집 마당에 심어두고 용맹정진에 임했다고 한다. 스님들에게 배롱나무의 모습은 삶의 전 과정을 담고 있는 꽃나무였던 것이다. 부처꽃과에 속하는 이 배롱나무는 나무껍질을 손으로 긁으면 잎들이 마치 간지럼을 타듯 흔들린다고 해서 '간지럼나무'라고도 부른다. 백일홍은 부귀영화의 상징으로 여겨지기도 하고, 백 일 동안 붉고자 하는 마음을 기리는 꽃으로 해석하기도 한다. 학문에 정진하려는 마음을 길이길이 새기고자 선비들의 나무라고 일컫기도 한다.

배롱나무를 알게 된 것은 마흔이 넘어서였다. 어느 여름 방문한 절집 마당에 피어난 붉은 꽃이 유난스러워 보여 마치 외국의 사원에 와 있기라도 한 듯한 느낌이 들었다. 꽃이 진 뒤 남겨진 해괴하게 보이는 가지는 삶의 섬뜩한 반전을 드러냈다. 일부러 모양을 내기 위해 비틀어놓은 고목의 인상을 주기도 하고, 사람의 뼈를 모아 붙인 것 같은 인상도 주었다. 기괴하게 생긴 가지에서 그토록 붉은 꽃을 오래 달고 있는 모습이 마치 미녀와 야수가 한 둥지를 틀어놓은 듯했다. 스님에게 여쭤보아 배롱나무라는 이름을 알게 되었고, 백 일간 꽃이 피어 있는 백일홍의 얘기도 듣게 되었다. 그때부터 배롱나무는 나에게 각별한 나무가 되었다. 과거와 현재가 한 나무 안에 공존하는 모습이 신비로워 보였고 붉은 투혼마저 느껴졌다.

절집마다 배롱나무가 심어진 연유를 이제는 이해할 수 있겠다. 젊음을 상징하는 꽃과 죽음의 모습을 지닌 가지가 한 뿌리로 우뚝 선 풍경을 바라보면서, 삶과 죽음을 한 가지 일로 여기라는 말이리라. 색(色)은 꽃이 되고 공(空)은 민낯의 가지가 되어 절집 한편에서 말없이 불법을 설하는 불립문자(不立文字)에 다름 아닌 것이다. 꽃잎을 떨구고 비로소 모든 것을 내려놓은 방하착(放下着)의 모양이 형형하게 두드러지는 나무이다. 매사에 꽃처럼 살되 허무함마저도 오롯이 살아내라는 것이 절집에서 배롱나무를 가까이 두는 언지(言志)가 아니겠는가.

역사학자이자 나무 박사인 강판권 선생은 백일홍을 두고, '꽃받침이 모두 여섯 장씩으로, 사육신의 숫자와 같아 배롱나무의 붉은 꽃을 보면 성삼문의 일편단심이 떠오른다'라고 말했다. 성삼문이 남긴 다음의 글은 배롱나무의 생리와 뜻에 대한 그의 이해를 잘 보여준다. 관찰이 논리와 창조의 근간이 된다는 사실을 새삼 깨닫게 된다.

지난 저녁 꽃 한 송이 떨어지고
오늘 아침에 한 송이 피어서
서로 일백 일을 바라보니
너를 대하여 좋게 한잔하리라.

– 성삼문, 「백일홍」 전문

피고 지는 꽃들의 상생과 조화로 사람들 눈에는 백일홍이 지지 않는 꽃처럼 보인다. 그러나 실제로 배롱나무 속에는 죽음과 삶이 교차하며 끝없이 반복되고 있다. 작은 죽음은 또 다른 죽음을 이기고, 어여쁜 탄생은 또 다른 탄생을 기뻐할지도 모른다. 이때 중요한 것은 일희일비(一喜一悲)하지 않는 것이다. 조선의 선비 성삼문이 단종에 대한 붉은 마음을 백일홍을 바라보며 되새기어 다졌던 것처럼 말이다. 성삼문 사후에 그의 사당 앞에는 이 마음을 기리어 배롱나무가 심어졌다.

배롱나무가 떨구어내는 것은 붉은 백일홍만이 아니다. 배롱나무의 해괴한 가지가 반들거리는 이유는 나무껍질이 얇게 부서지고 떨어지기 때문이다. 마치 껍질이 없는 사람 뼈처럼 보인다. 사람들은 뼈가 드러나도록 지속적으로 한 가지에서 꽃을 피워내는 배롱나무의 노고를 바라보면서 자신의 나태와 탐욕을 꾸짖기도 한다. 백 일간 온 힘을 다해 거듭나는 것은 사람들에게조차 쉬운 일이 아니다. 아무도 모르게 거듭난다는 것은 마치 가시덤불 위에 누워 쓰디쓴 쓸개를 씹으며 복수를 다짐하는 와신상담(臥薪嘗膽)이나 진흙탕에서 싸우는 개의 모습처럼 이전투구(泥田鬪狗)도 감내해야 가능하다.

꽃을 피우기 위해 이러한 노고를 감수하는 것은 자연계에서 당연한 일이다. 그것도 백 일간이나 꽃을 유지해야 한다면 열악한 상황 가운데에서도 몇 배 더 많은 힘을 발휘해 거듭나야만 한다. 꽃을 닮은 삶을 살겠다는 약속은 지키기 쉬운 약속이 아니다. 소나무와 배롱나무가 우리에게 주는 진정한 교훈은 그러한 푸름과 붉음을 갖기 위해 '아무도 모르게 거듭나고 거듭날' 준비를 해야 한다는 것이다. 하얀 뼈를 드러내며 휑하게 서게 될 것을 각오하면서까지 붉게 타오를 준비가 정말로 되었는지 배롱나무가 우리에게 묻고 있다.

08

씨방,
시간의 올 풀기를 배우다

소통은 비어 있는 씨방을 정면으로 마주하는 일로부터 시작된다. 씨방이 어느 날 시야로 들어왔다면, 그것은 내 삶 속에 빈 공간이 보이는 시간이다. 출생과 성장을 도왔던 착한 씨방은 이제 스스로 행복해져야 한다. 그것은 미래를 만드는 에너지의 방이다.

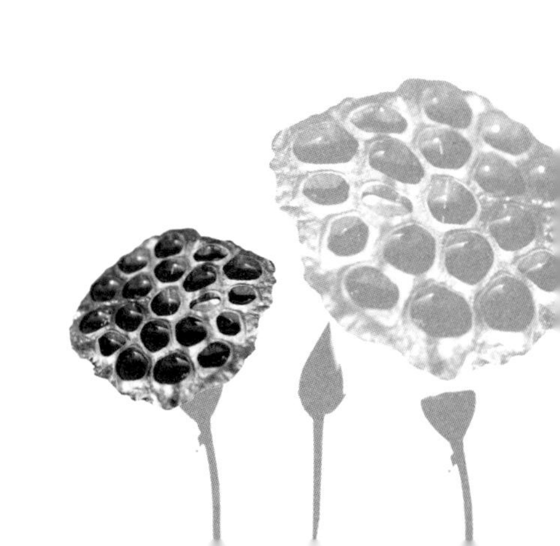

자연과학자의 삶과 죽음에 대한 명상

벚꽃이 흐드러지게 피었을 때 비가 내리면 꽃잎이 떨어질까 아쉬운 마음에 괜스레 초조해진다. 봄비가 봄을 데려왔는데도 다시 그 비가 봄더러 빨리 가라 재촉한다. 다행히도 꽃잎들은 끄떡없이 나무 위에 버티고 있다. 수분을 하지 않은 꽃의 꽃잎은 웬만한 비나 바람에도 떨어지지 않는다. 아직 할 일이 남았기 때문이다. 그러나 수분이 끝난 꽃의 꽃잎은 역할을 완수했기에 나무에 매달려 있기 위해 굳이 애쓸 필요가 없다. 이제 꽃잎은 자유낙하를 시작한다. 지상에서의 아름다움을 뒤로한 채 꽃잎은 마르고 부서져, 자신을 피어나게 해주었던 나무의 양분이 되기 위해 대지로 떨어진다. 꽃잎이 떨어지는 것은 바람에 의해서가 아니라 꽃의 의지에 의해서이다.

자식이 잘되기를 바라는 마음은 모든 생명체의 본능이다. 나무의 자식 사랑은 사람에 견주어 손색이 없다. 가을에 잎을 떨굴 때 나무는 떨켜층을 만드는데 이는 잎으로 가는 양분과 수분을 차단하는 장치로서, 이것을 나무 스스로 만들어 잎을 버린다. 겨울을 잘 보내기 위한 지혜이다. 간혹 양분과 수분이 차단된 채로, 새잎이 날 때까지 말라비틀어진 나뭇잎을 끝까지 달고 있는 나무들도 있는데 이는 겨울눈을 보호하려는 의도도 있다. 강보에 싸인 아이를 안고 있는 엄마의 심정과 다를 바 없다. 키우고 보호하는 것만큼 어렵고 중요한 일이 떠나보내는 일이다. 세월은 아이들을 자라게 만들지만, 아이가 어른이 되었을 때 떠나보내는 일은 부모의 몫이고 부모의 의지가 필요하다.

식물이 자식을 떠나보내는 방식은 매우 다양하다. 대부분은 최대한 멀리 떠나보내기 위해 노력한다. 바람을 이용하는 민들레는 갓털을 달아서, 소나무와 단풍나무는 날개를 달아서 멀리 날아가게 한다. 도꼬마리나 털진득찰처럼 움직이는 동물의 몸에 붙어서 이동하는 식물은 씨앗의 끝을 갈고리 모양이나 뾰족한 형태로 만들어 잘 달라붙게 만든다. 애기똥풀은 개미를 부르는데, 씨앗에 엘라이오좀(elaiosome)이라는 영양 물질을 붙여놓아 이것을 좋아하는 개미들이 자기네 집으로 가져가도록 유도한다. 또한 찔레나 팥배나무는 열매를 만들어 붉게 익게 하여 기꺼이 다른 동물의 먹이가 되기를 자처한다. 열매를 먹은 동물의 배설물에서 나온 씨앗은 나중에 어디선가 싹을 틔우고 맑은 날의 활짝 벌어진 솔방울과 다음 날 비 오는 날의 오므라진 솔방울.

번성할 것이다. 봉숭아나 물봉선 등의 열매는 익으면서 열매의 안과 밖의 압력 차이로 터져 씨앗이 또 다른 세상으로 튕겨나간다.

소나무의 씨 퍼뜨리는 방법을 보면 여간 똑똑한 것이 아니다. 수정된 암꽃이 단단해져 나무처럼 변해서 비늘 모양이 되는데 이 비늘 70~100여 개가 모여 솔방울을 이룬다. 비늘 사이사이에 솔씨라고 불리는 씨앗이 두 개씩 있다. 날개를 단 솔씨가 어미의 품을 떠나는 날을 선택함에 있어서도 치밀하다. 비 오는 날은 씨앗이 날아가기에 적당한 날이 아니다. 따라서 비늘이 오그라들어 솔방울이 둥근 모양이 된다. 반면 날씨가 건조해지면 씨앗이 날아가기 쉽도록 솔방울이 벌어진다. 솔방울의 구조는 매우 과학적이다. 비늘의 아래와 위의 조직이 다르다. 아랫면은 코르크 조직으로 물기가 많으면 수분을 흡수해서

골무꽃, 노박덩굴, 산초의 씨방 및 열매.

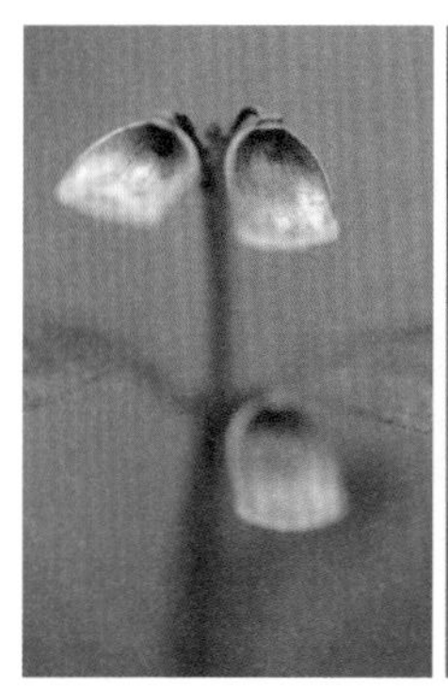

부풀어올라 비늘이 오그라들어 솔방울이 단단한 원뿔모양이 된다. 반대로 건조한 날엔 비늘 아랫면이 말라 수축하여 비늘이 펴져 솔방울은 사이가 벌어진다. 솔방울은 이렇게 자식을 보내는 날을 과학적으로 택일한다.

씨앗이 엄마 나무 그늘에 떨어지면 햇빛도 잘 받지 못하고, 영양분도 나누어야 하므로 청출어람을 기대하기는 어렵겠다. 어쩌면 싹을 못 틔울 수도 있다. 부모의 발밑에 떨어지는 것은 자멸을 뜻한다. 성인이 된 자식을 언제까지고 떠나보내지 못하는 잘못된 사랑을 하는 사람들은 식물에게서 한 수 배워야 한다.

겨울에는 잎과 꽃에 가려져 보지 못했던 나무줄기의 근육도, 덩굴의 춤추는 듯한 선도 고스란히 다 보인다. 모두 떠나보내고 나면 실체를 드러내는 것이다. 나무가 잎을 버리고 나목의 모습이 되었을 때, 품에 있던 자식을 떠나보내고 완경을 맞이

한 여성처럼 나무도 온전한 본래 모습으로 돌아간다. 가졌던 것을 잃는 일은 참으로 허전하다. 겨울 산을 바라보는 일도 그래서 허전하다. 그러나 나무를 제대로 낱낱이 들여다볼 수 있는 낯선 시간이 바로 겨울이다. 본래의 나를 마주하는 일도 그렇게나 낯선 일인지 모르겠다.

어느 겨울 골무꽃의 씨가 담겨 있던 빈 방이 눈에 들어왔다. 시골에서나 보았던, 곡식 껍질을 날릴 때 쓰는 키처럼 생긴 이 씨방에는 빗물이 담겨 있었다. 자식을 보내고 남은 자리에 자연이 들어와 있는 모양이었다. 지나가는 바람도 쉬어갈 수 있는 공간으로 확장된 것이었다. 씨앗을 품었던 자리는 눈이 오면 눈을 담고 비가 오면 비를 담는다. 바람이 불면 잠시 바람이 머물 자리가 되어준다. 씨방은 아름답다. 이제 자신의 씨앗뿐만 아니라 모든 자연을 담을 수 있는 우주적 어미가 되었다. 무엇이든 가능한 존재가 되었음이다. 떨어진 꽃잎, 남겨진 씨방은 버려진 것이 아니라 또 다른 영양분이고 쉼터이며 다른 빛깔의 아름다움이다.

식물이 씨앗을 보내고 나면 씨방이 남고, 아기 새가 날아가고 난 자리에는 빈 둥지가 남는다. 사람에게는 소명을 다한 자궁과 완결된 생식기능, 그리고 허전한 가슴이 남는다. 모든 어미의 삶은 그렇다. 삶의 가장 중요한 의미가 한때는 자식이었을 이 땅의 수많은 어미들의 가슴 한편은 언제나 휑하다. 자식을 독립시켜 떠나보냈어도 어미는 여전히 영혼의 고향이다. 이제는 젖을 물릴 아이도 없고 더 이상 봉긋하지도 않은 가슴이지만 자식에게 어미의 젖가슴은 그리운 요람이다. 빈 가슴은 다른 것으로 채워질 가능성과 여유가 있는 공간으로 남는다. 신은 우리에게 다시 한 번 하얀 도화지를 건네준다. 도화지는 한 면만 있는 것이 아니라 양면을 갖고 있었다는 사실을 그간 우리는 잊고 있었다.

씨방이 빈자리라면 고사목(枯死木)은 생을 마친 죽은 나무이다. 나무는 삶의 여정을 마치고 죽어서 기꺼이 자신을 숲으로 환원시킨다. 죽은 나무에 기대어 사는 생물의 수는 숲 속 생물의 3분의 1이라고 한다. 죽은 나무에는 버섯이 핀다. 개미가 알을 낳는다. 작은 풀씨가 날아와 뿌리를 내리기도 한다. 수많은 곤충에게 안식처와 산란의 장소를 제공한다. 시간이 지나 부서진 나무 조직은 땅으로 돌아갈 채비를 할 것이다. 그리고 자라는 나무에게 기꺼이 영양분이 되어줄 것이다. 쓰러지지 않고 서서 그대로 생을 마감하는 나무는 딱따구리의 집을 짓기에 좋은 장소이다. 여기에도 많은 곤충이 알을 낳고 애벌레가 생기면 새들의 양식이 되기도 한다. 숲은 죽음이 다시 생명으로 태어나는 곳이다. 꽃이 피었던 곳에 씨방이, 잎이 무성했던 곳에 고사목이 뭇 생명체의 안식처로 그렇게 다시 태어난다.

중년의 나이는 무엇을 시작하기엔 의욕보다 두려움이 앞서는 시기이다. 기억력도 예전 같지 않고 빈 둥지 증후군에 남아도는 시간을 어떻게 써야 할지도 모른다. 오전에 카페나 음식

점은 주부들로 가득하다. 오고 가는 많은 이야기와 웃음, 그러나 집으로 돌아오는 발걸음이 그리 가볍지는 않다. 아이들 성적과 학원 이야기로 시작되는 주부들의 대화는 남편 이야기로, 새로 산 옷 이야기로 화제가 흘러간다. 자신의 이야기는 없다. 말은 많이 했는데 마음이 허하고, 만난 사람은 많은데 가슴에 남는 따스함은 없다. 그런데도 혼자만의 시간이 두렵고 약속이 없으면 불안해하는 사람이 늘어난다. 반대로 타인들과의 교류를 기피하는 사람도 있다. 이것은 여자들만의 일은 아니다. 남자든 여자든, 직장에 다니는 사람이든 주부이든 간에 많은 사람들은 나 자신이 아닌 나를 둘러싼 환경으로써 평가받는다.

그렇다면 '나'는 어디에 있는 것일까? 우울증은 슬금슬금 다가오고 흘러간 세월 뒤에 남겨진 자신의 모습을 있는 그대로 받아들이기 어렵다. 그런데 축복인지 재앙인지 모를, 인간의 길어진 수명 탓에 그저 넋 놓고 살기에는 후반부가 너무 길다.

나이 사십이 넘어 새로운 일을 도모하는 것이 쉬운 일은 아니다. 나는 약학을 전공했고 그 분야의 일에만 익숙하다고 여겨왔다. 그러나 아이의 사춘기를 겪어내며 작은 들풀에게서 겸손한 마음을, 나무에게서 존경하는 마음을 배우며 기운을 얻었다. 그 시간들이 행복했다. 그래서 그 가르침과 행복을 함께하고 싶었다. 익숙한 나로부터 걸어나오는 것이 결코 수월하지는 않지만 보다 기쁘고 의미 있는 씨방의 모습을 꿈꾸게 되었다.

나는 이십 대에 유학의 기회를 놓치고서 삼십 대에 가는 것은 이미 늦었다고 포기했다. 지금 돌이켜보면 삼십 대는 그야말로 젊고 새파란 나이였는데 말이다. 나보다 열 살 이상 많은 사람은 지금의 나를 보고 무엇이라도 시작할 수 있는 젊은 나이라고 말하기도 한다. 무엇을 시도하기에 늦은 나이란 없다. 하고자 마음먹는 나이가 가장 최적의 나이이다. 사무엘 울만(Samuel Ullman)은 나이 일흔여덟에 이렇게 썼다. "나이가 든다는 것만으로 늙는 것은 아니다. 우리는 희망을 포기할 때 그제야 늙는 것이다." 또 다른 출발을 꿈꾸는 자는 과거로 돌아갈 수 없다. 나는 이미 어제의 내가 아니기 때문이다.

나는 비교적 늦은 나이에 결혼하여 주택이 아닌 아파트에서 신혼살림을 시작하게 되었다. 이 과정에서 위층에 사는 아이들의 소음으로 마음의 평정을 갖기 힘들어 몇 번 조용히 해달라고 호소했는데, 이것이 문제가 되어 결국 위층 사람들과 큰 싸움이 벌어졌다. 그리고 윗집 할머니에게 생애 처음으로 이런 말을 듣게 되었다. "네가 그러니까 애를 못 낳지. 애도 못 낳는 주제에……." 긴 시간 동안 이와 같은 언어폭력에 시달린 나는 결국 다른 곳으로 이사하고 말았다.

내 배로 직접 아이를 낳지 않은 채 중년을 맞이한 나는, 우리 사회의 수많은 아이들의 성장을 지원하는 교육자가 되었다. 대학에서 만나는 많은 젊은이들이 올바르게 자라고 있는 것을 보면 마치 내가 낳은 아이를 바라보는 것 같은 황홀경에 사로잡힌다. 이렇듯 자신이 처한 환경에 맞추어 사회생활을 하는 가운데, 직접 아이를 낳지 않아도 우리 모두가 생명을 낳고 기르는 일에 관여하고 있다는 사실을 다시금 깨닫게 되었다. 그리고 누구나 생명에 관해, 씨앗과 씨방에 관해 이야기할 자격을 갖고 있으며, 이야기해야만 한다는 것을 이해하게 되었다.

씨앗이 담긴 빈 방에 대한 이야기를 하자고 제안한 것은 지음이 먼저였다. 그는 다 지고 난 연의 씨앗을 담은 연방(蓮房)이 그렇게도 아름답다고 말했다. 연방은 여러 개의 구멍으로 이루어져 그 모양새가 샤워기헤드를 연상시킨다. 초겨울에 찾은 부여 궁남지에서 연방은 앙상한 모습을 온전하게 드러내고 있었다. 화려하면서도 단아한 꽃을 떨구고 난 뒤 갈변된 연방은 뼈마디 앙상한 배롱나무 가지를 닮아 있었다. 연방은 엄밀히 말해 씨방은 아니지만, 씨를 담고 있던 공간이 확대되어 비어 있는 상태를 극명하게 보여주기에 중년의 모습을 성찰하기에 제격이었다.

비어 있다는 것은 무엇인가로 채워져 있었다는 것을 전제한다. 씨앗을 담았던 그릇, 생명을 담아내고 돌보았던 공간, 그것이 씨방이다. 씨방 속에 내가 있다. 그런데 내가 없다.

분주한 주위를 물리치고 비로소 홀로 있게 되는 순간, 비어 있는 나 자신을 들여다보게 된다. 젊은 시절 분주했던 시간, 무

연방. 천 년 후 환생하는 씨앗의 의지를 담은 곳.

언가를 찾아 헤맸던 열정이 씨방에 들어앉아 일을 만들고, 사랑을 만들고, 아이를 만들었다. 한동안 무거웠던 나의 방들이 일에서, 사랑에서 자유로워지고, 성장한 아이들의 마음도 떠나가면서 가벼워졌다.

빈 공간은 그곳을 가득 채우던 과거의 그 무엇들을 그리워한다. 아이들과 남편이 그 안에 있었다. 애초에 나는 그 방에 없었던 듯하다. 비로소 빈 씨방을 고색창연하게 채울 순간이 온 것이다. 진정한 씨앗의 의지를 만나러 가는 절정의 시간이다. 나는 어디에서 왔으며, 무엇으로 남아 나를 살릴 것인가?

연방 속에 알알이 박힌 열매는 천 년이 지나도 썩지 않고 싹을 틔운다. 이로 깨물어도 끄떡없는 단단한 연씨는 생명력이 강해 중국에서는 1200년 만에 싹을 틔운 것도 있다고 한다. 그렇다면 이 친구는 어떤 순간에 자신을 열어젖힌 것일까? 천 년이 지나 어떤 이 앞에서 비로소 자신의 마음과 몸을 보여줬던 것일까?

지금 이 순간 바라보는 연씨가 천 년 뒤에 만날 누군가를 기다리고 있다 생각하니, 연씨가 다시 보이기 시작한다. 천 년을 진흙 속에 뒹굴어도, 자신이 움터 나와야 할 순간을 잊지 않는 존재가 바로 씨앗이다. 연씨를 보고도 연꽃의 아름다움을 볼 줄 알아야 한다. 당장 보이는 모습만으로 존재 전체를 판단할 수 없다는 사실을 되새긴다. 거무튀튀하고 보잘것없어 보이는 연씨가 나를 부끄럽게 만든다.

연씨가 그토록 단단함에도 불구하고 어떻게 싹을 틔우는 것인지, 강희안의 『양화소록』에서 그 답을 찾을 수 있다.

연꽃 씨앗을 심을 때는 8~9월에 단단한 검은 씨앗을 골라 기왓장에다 날카롭고 곧게 갈아서 껍질이 얇아지도록 한다. 질척거리는 흙을 차지게 다진 다음 손가락 세 개 정도 크기에 두 치 정도의 길이로 감싸되, 씨앗의 꼭지 쪽은 평평하고 무겁게 하며 갈았던 쪽은 뾰족하고 날카롭게 한다. 진흙이 마르려 할 즈음 물속으로 던지면, 무거운 머리 쪽이 아래를 향하므로 얇은 껍질 쪽은 위를 향하게 되어 잘 자란다. 갈지 않으면 절대 자라지 않는다.

– 강희안, 『양화소록』 중에서

병아리가 알 밖으로 나오려면, 어미 닭도 알 속 병아리도 알 껍질의 같은 부분을 같은 시간 동안 함께 쪼아야 한다. 그래야 바깥 세계와 알 속 세계를 나누던 껍질이 깨지고 병아리가 세상 구경을 할 수 있다. 이를 줄탁동기(啐啄同機)라고 하는데, 연꽃 씨앗에게는 줄탁동기를 위해 날카로운 자극이 필요하다는 것이다.

'갈지 않으면 절대 자라지 않는' 고통스러운 성장이 연꽃 환생의 비법이다. 그런데 이 구절이 부지런히 갈고 닦으면 늦게라도 성공할 수 있다는 '절차탁마(切磋琢磨)' '대기만성(大器晩成)'으로 들리는 이유는 무엇일까? 절차탁마할 때가 씨앗의 마음이고, 꽃봉오리의 순간인 것이다. 고통과 자극은 살아 있다는 말과 동의어이며 대기만성을 준비하는 과정에서 만나는 동반자와 같다. 오랫동안 자기 자신을 잃은 채 무언가를 놓고 살았더라도 결연한 씨앗의 마음을 품기 위해, 그리고 다시 만날 세상을 위해 이 시 한번 품고 기다리면 어떨까?

꽃씨 속에 숨어 있는
꽃을 보려면
고요히 눈이 녹기를 기다려라

꽃씨 속에 숨어 있는
잎을 보려면
흙의 가슴이 따뜻해지기를 기다려라

꽃씨 속에 숨어 있는
어머니를 만나려면
들에 나가 먼저 봄이 되어라

꽃씨 속에 숨어 있는
꽃을 보려면
평생 버리지 않았던 칼을 버려라

– 정호승, 「꽃을 보려면」 전문

꽃씨 속에 연꽃이 숨어 있어 그 꽃을 보려면 꽃이 지고 난 뒤의 꽃자리마저 숨죽여 들여다보아야 한다. 내 삶에 꽃 한 송이 피워 올리기 위해서도, "고요히 눈이 녹기를", "흙의 가슴이 따뜻해지기를" 기다리고 "들에 나가 먼저 봄이 되고", 마침내 "평생 버리지 않았던 칼을 버려"야 한다. 어느 것 하나 쉬운 것이 없다. 싹을 틔우기 위해 다른 사람 때문에 벼린 마음은 버려야 한다.

알랭 드 보통과 인생학교를 함께 설립한 로버트 롤런드 스미스(Robert Rowland Smith)는 "사람들이 아이를 낳는 이유는 내 유전자가 복사되기를 바라서가 아니다. 오히려 삶의 핵심에 대한 근원적 열망 때문이다"라고 인간의 종족 보존의 본능을 철학적으로 정리했다. 꽃이 다음 세대에 자신의 모습을 닮은 종족을 멀리 그리고 오래도록 퍼뜨리기 위해 일생을 산다면, 인간은 '삶의 핵심에 대한 근원적 열망'을 다음 세대에 밀도 있게 전하고통스러운 성장이 연꽃 환생의 비법이다.

려 한다는 점에서 꽃과 다르다.

'삶의 핵심'에 대한 고민은 씨앗을 날리고, 아이를 떠나보내고, 빈 방이 되고 나서도 여전히 유효하다는 점에서 인간은 죽을 때까지 성장할 수 있다. 아이들을 떠나보내고 난 뒤 빈 방을 돌아보는 중년은 바로 지금의 자신을 들여다보며 눈앞에 펼쳐진 세계와 어떻게 화해하며 소통할 것인가를 마주해야 한다.

소통은 비어 있는 씨방을 정면으로 마주하는 일로부터 시작된다. 씨방이 어느 날 시야로 들어왔다면, 그것은 내 삶 속에 빈 공간이 보이는 시간이다. 그것이 여유로 느껴지든, 허무로 느껴지든 간에 앞으로 비운 채로 세상을 담아 바람처럼 살 것인지, 다른 세상에 세를 놓아 즐거운 동거를 할 것인지 차근차근 준비해야 한다. 출생과 성장을 도왔던 착한 씨방은 스스로 행복해져야 한다. 수많은 꽃으로 한때 야단법석이었다면, 이제 아무도 보지 않는 씨방은 또 다른 잉태를 준비하는 공간, 미래를 만드는 에너지의 방이다. 만다라를 닮은 씨방의 미래, 드디어 나 자신과 비밀스럽게 만날 시간, 마침내 세상을 만날 차례이다.

철학자 강신주는 『매달린 절벽에서 손을 뗄 수 있는가』라는 저서에서 '나와 마주 서는 48개의 질문'을 통해 진정한 자신을 찾아가는 길을 소개하고 있다. 그중에서 시선을 끄는 대목인 '옷을 풀어야 다른 옷을 만들 수 있는 법'에는, "어떤 것이 부처입니까?"라는 질문에 동산 큰스님이 "마 삼 근이다"라고 답하였다는 내용이 나온다. 마 삼 근이란 승복을 짜는 마의 근수이니, 승복을 입은 네가 바로 부처라는 이야기이다. 스님으로 머물러서는 부처가 될 수 없고, 제자가 제자로만 머물러서는 선생이 될 수 없다. 즉 시간이 바뀌면 또 다른 모습으로 살아야 한다는 가르침이다.

모든 사람은 나이가 듦에 따라 새로운 행장을 꾸려야 한다. 다른 옷을 짜려면 실을 풀어야 한다. 생명을 담았던 씨방이 다른 시간을 살아내려면 그 씨방의 올을 한 땀 한 땀 풀어내어 다른 시간대로 건너가야 한다. 소설가 박완서도 이렇게 말하지 않았던가.

> 내가 지난날 본 고목은 지금은 나에게 나목이었다. 그것은 비슷하면서도 아주 달랐다.
>
> – 박완서, 『나목』 중에서

09

연리목과 혼인목,
온몸으로 사랑한다는 것

나무는 옆의 나무가 가지를 뻗은 쪽을 피하여 새로운 가지를 내는 배려를 지녔으며 동시에, 이미 만들어진 가지도 필요하면 스스로 떨어뜨릴 수 있는 용기를 지녔다. 너는 너의 모습으로, 나는 나의 모습으로, 그러나 더불어 산다.

'Love Tree'라는 팻말이 붙은 연리목을 처음 만난 곳은 호주의 어느 숲이었다. 그때는 그것이 세계적으로 드문 현상인 줄만 알았는데, 실은 어디에서나 볼 수 있는 나무의 살아가는 모습이었다. 연리(連理)란 종류가 같은 두 나무가 좁은 공간에서 함께 살다가 서로 부딪힘을 더 이상 피할 수 없을 정도로 자라났을 때 줄기나 가지가 맞닿으면서 껍질이 벗겨져 속살이 서로 닿는 현상이다. 연리의 과정을 바라보는 사람은 알아채지 못해도 두 나무 사이에는 실제로 아픈 진통이 있었을 것이다. 줄기의 몸집을 키우는 형성층(부름켜)이 서로 이어지면 모든 것을 공유하며 두 나무는 마침내 하나의 나무가 된다. 물과 양분의 통로인 물관과 체관도 공유하게 되어 한쪽의 나무뿌리나 줄

기가 없어도 다른 한쪽의 것으로 나무는 살아갈 수 있다.

연리목보다 연리지가 더 드문 현상인데, 바람의 영향으로 가지끼리 서로 맞닿기가 매우 어렵기 때문이다. 두 그루의 나무가 마음껏 차지할 공간이 부족해지자 한 몸을 이루어 살아간다. 함께한 고통의 크기만큼 두 나무의 관계는 공고해진다. 연리목은 지극한 효성 또는 남녀의 사랑, 특히 부부애를 상징하는 것으로 여겨지기도 한다.

연리목이나 연리지가 몸의 공유를 택한 경우라면 혼인목은 공간의 공유를 선택한 경우이다. 혼인목은 같은 종류 혹은 다

가지가 붙은 연리지와 줄기가 붙은 연리목.

른 종류의 두 그루의 나무가 함께 살아갈 공간을 공유하면서 한 그루처럼 살면서도 각자의 삶의 방식을 유지하는 것이다. 이때 마주 보는 쪽의 줄기 부분은 가지가 서로 부딪힐 수 있으므로 반대쪽으로만 가지를 뻗는다. 나무의 모양만을 일별하면 한 그루의 나무로 착각하기 쉽다. 혼인목은 화합 속에서 독자적으로 삶을 살지만, 한 나무가 죽으면 다른 나무도 바람과 햇빛 등의 급작스러운 변화를 이기지 못해 죽어간다. 사이좋은 부부의 경우에 한 사람이 먼저 생을 달리하면 다른 한 사람이 혼자서 삶을 견디기 어려워하는 것과 같다.

뿌리가 다른 여러 그루의 나무가 공간을 나누어 쓰며 자라는

사이좋게 살아가는 두 그루의 혼인목.

광경도 어렵잖게 발견할 수 있다. 나는 이런 나무들을 형제목이라고 부르고 싶다. 여러 그루의 나무는 일정 공간을 공유하고 햇빛을 공유하며 함께 산다. 더 많은 것을 차지하려고 경쟁하는 사회구조 속에서 서로 찌르고 꺾는 인간들의 모습이 나무 앞에서 한없이 부끄러워진다. 독점할 수 없을 때에는 함께 사는 방법을 모색하는 것이 잘 사는 길이라는 사실을 형제목은 온몸으로 말하고 있는지도 모른다.

그렇다고 나무들이 무조건 배려하고 양보만 하는 것은 아니다. 생명체가 살아가는 방법에는 경쟁, 공존, 기생 등 여러 가지 방법이 있다. 동물뿐 아니라 부동(不動)의 운명을 지닌 채 살아

덩굴. 숲 속의 생존을 위한 치열함.

가는 식물 역시 마찬가지다. 햇빛을 한 줌이라도 더 차지하기 위해 나무들은 잎이 피는 시기를 달리하고 몸을 뒤틀기도 한다. 덩굴이 나무를 감고 올라가면서 나무의 살 속으로 파고드는 모습은 무섭다는 생각이 들 정도이다. 생명의 최우선 목표는 생존과 번식이다. 남을 살리기 위해 자기 생을 함부로 양보하지 않는다. 숲이라는 공간이 남을 배려하고 자신을 기꺼이 버리는 순애보적 사랑으로 이루어졌다고 생각한다면 큰 오해이다. 어느 생명도 삶을 포기하거나 희생하지 않는다. 모든 유전자는 이기적이다. 숲이건 사람이 사는 곳이건 부딪힘과 경쟁이 있을 수밖에 없다. 그러나 경쟁으로 해결할 수 없는 상황이 오면 공존의 길을 택한다. 공유와 배려야말로 최선의 해결책이자 경쟁력이라는 것을 나무는 이미 알고 있다.

둘이 합쳐 하나가 되는 것, 연리목처럼 살고자 하는 것은 영생의 사랑을 꿈꾸는 마음에서 비롯된다. '우리가 남이가?'라고 질문한다면 대답은 '우리는 남'이다. 다른 육체와 정신으로 태어나 하나이기를 바라는 마음은 현실이 아닌 이상향이다. 살을 찢는 아픔을 견디고 하나가 된 연리목이나 연리지는 그 정성이 지극하지만, 각자의 존재성을 간직한 채 공존을 모색하는 혼인목은 지혜롭다. 나무는 옆의 나무가 가지를 뻗은 쪽을 피하여 새로운 가지를 내는 배려를 지녔으며 동시에, 이미 만들어진 가지도 필요하면 스스로 떨어뜨릴 수 있는 용기를 지녔다. 너는 너의 모습으로, 나는 나의 모습으로, 그러나 더불어 산다.

나의 남편은 장남이다. 그러니 대부분의 장남 가족들과 마찬가지로 많은 문제가 따라다녔다. 설이 있는 달은 세 번의 제사가 몰려 있는 데다 아이들의 방학과 겹쳐 더 힘겨운 달이었다. 여러 번의 제사를 하나로 합치자는 나의 제안 때문에 우리 부부는 커다란 갈등을 겪어야만 했다. 하루나 이틀에 걸쳐 마련한 온갖 음식들이 단 이십 분 만에 끝나버리는 모습을 해마다 바라보면서 나의 존재 가치에 의문이 들 정도까지 이르렀다.

조상을 잘 모시지 못한 집안은 만사형통하지 못한다 하면서 그 탓은 고스란히 여자의 책임으로 돌린다. 나는 자라면서 말 잘 듣는 학생, 착한 딸이어야 했고 그 '착한 여자 콤플렉스'는 여전히 나의 발목을 잡고 있다. 좋은 아내, 착한 며느리 역할에서 벗어나지 못한 나는 지금도 제사상을 치우고서 이 글을 쓰고 있다. 아직도 제사와 집안의 흥망, 가족의 화목을 연결시키는 억압에서 자유롭지 못하다. 이 문제는 지금까지도 해결하지 못한 우리 부부의 숙제로 남아 있다.

명절은 어느 나라에나 있다. 그런데 왜 유독 우리나라에만 명절증후군이라는 말이 있는지, 명절 후 이혼이 증가하는 기이한 현상을 왜 나라 전체가 고민하지 않는지 의문이다. 전통을 이어가는 것은 후손의 의무라고 할 수 있겠지만, 우리 명절은 여성의 희생을 담보로 그 전통을 이어가고 있다. 미풍양속이란 다 같이 애써 지켜야만 하는 것이지만, 타인의 괴로움을 외면하고 타인의 희생을 바탕으로 지켜가는 것은 악습이다. 미풍양속과 악습의 차이는 배려의 유무이다. 우리 집은 미풍양속을 지키고 있는지 악습을 되풀이하고 있는지 가족 구성원 모두의 진정한 고민이 있어야 한다.

남자와 여자는 각자의 고유한 씨앗으로부터 발아한 우주적 존재이다. 남편은 돈을 벌어다 주는 기계가 아니고 아내는 남편과 아이를 위한 희생물이 아니다. 한 그루의 나무를 위해 다른 한 그루가 죽는 대신, 나란히 양보하며 자라야 커다란 나무가 완성된다. 자신의 삶을 다른 누구를 위해서 무조건 희생하는 생명이란 없다. 함께 살아가기 위해 한 공간을 비워 양보하며 공유하면서 동시에 다른 쪽 공간은 자신만의 공간으로서 각자의 특성대로 살아가도록 배려되어야 한다. 너와 나의 우주가 함께 열릴 때 우리의 삶은 빛나고 건강해진다.

원자는 바깥 전자가 8개일 때 가장 안정된 상태가 되는데, 8개를 채우지 못한 원자는 부족한 숫자만큼 공동소유를 하기로 한다. 이것이 공유결합이다. 즉 산소 원자(O)는 바깥 전자가 6개이기에 두 산소 원자가 각각 전자를 2개씩 내놓아 공동소유함으로써 8개를 유지한다. 부족함이 공유와 화합을 이끌어내는 것이다. 원자의 공유결합은 혼인목의 사는 모습을 닮았다.

모든 우주의 순리는 부딪힘이 아니고 서로 나누고 함께하는 것이다. 인간은 만물의 영장이라 스스로 부르지만, 만물이 아는 진리를 인간만 모르는 경우도 많다. 원자도 알고 나무도 아는 사실을 사람만 모르고 산다.

식물과 나무는 서로 배려하며 산다는 이야기를 귀에 못이 박이도록 들었다. 사실 나무는 자기에게 유리한 고지를 점령하기 위해 최선을 다한다. 다만, 생존을 위한 치열함은 있으나 비열함은 없다. 이 말 끝에는 하물며 사람도 그래야 하는 것이 아니냐는 말이 자연스럽게 따라붙는다. 그런데 사람이니까 이게 안 되는 것이기도 하다. 사람으로 태어나 사람 구실 하며 살기가 힘들다. 이것은 이래서 안 되고, 저것은 저래서 안 되고, 살면서 남을 배려하지 못할 이유들이 날마다 늘어간다. 그러다 보니 배려라는 말은 초록사회인 식물계에서는 가능하나 인간 사회에서는 행하기 어려운 '선행(善行)'이 되어버렸다. '배려'를 상대방을 생각하는 마음으로 해석한다면, 우리가 바라보는 푸른 생명들은 모두 서로를 배려 중이다.

배려의 최고봉은 혼인목이다. 뿌리도 둘이고 몸도 둘이지만, 두 개의 나무가 하나처럼 사는 나무이다. 혼인목의 미덕은 두 나무가 원래 가지고 있던 성격을 그대로 인정하며 산다는 데 있다. 흰 꽃을 피우던 가지는 흰 꽃을 피우고, 붉은 꽃을 피우던 가지는 그대로 붉은 꽃을 피운다. 독립된 존재 그대로 상대방을 받아들이며 함께하는 삶을 모색한다. 의리와 사랑에서는 최상급이다. 혼인목은 한 그루가 죽으면 나머지도 생을 마감하기 때문이다.

2014년도에 인기리에 막을 내린 드라마 〈별에서 온 그대〉에서 현재를 살아가는 지구인 천송이와 시공간을 넘나드는 외계에서 온 도민준의 사랑은 혼인목을 닮아 있다. 도민준은 천송이에게 혼인목을 두고 말한다. "나무 두 그루의 뿌리가 얽혀 한 나무처럼 자라는 거야. 이건 동백나무, 저건 생달나무." 다른 종류의 나무 두 그루가 한 그루처럼 사는 경우이다. 서로 다른 세계의 문법을 지니고 살던 두 사람의 사랑이 혼인목처럼 사랑을 키울 수 있다는 현대판 「장한가」이다.

너를 따라 묻히고 싶어

백 년이고 천 년이고

(중략)

오래된 잠을 자고 싶어

남아도는 네 슬픔과 내 슬픔이

한 그루 된

연리지 첫 움으로 피어날 때까지

그렇게 한없이 누워

– 정끝별, 「연리지(連理枝)」 중에서

얼마나 사랑하고, 속 깊이 그리우면, "너를 따라 묻히고 싶어 / 백 년이고 천 년이고"라고 고백할 수 있을까. 하나가 된다는 것은 "네 슬픔과 내 슬픔이 / 한 그루" 되는 것이다. 사랑하는 이와 하나가 되고 싶은 마음은 사람에게나 나무에게나 마찬가지이다. 『후한서(後漢書)』에는 후한 말의 학자인 채옹이 어머니 병수발을 정성껏 하였으나 돌아가시자 3년 묘살이를 하였다는 이야기가 나온다. 채옹의 방 앞에 두 그루의 나무가 처음에는 마주 보며 자랐으나, 얼마 후 가지가 하나 되더니 연리지가 되었다고 씌어 있다. 지극한 효성이 죽은 어머니의 마음에 가 닿음을 보여주는 대목이 아니겠는가.

현실에서 독립적인 개체가 자유를 버리고 합체되어 하나로 살아가려면 크고 작은 아픔들을 감수해야만 한다. 나와 다른 주변 존재들과 어우렁더우렁 살아가려면 상대방의 다른 점을 있는 그대로 받아들여야 한다. 왜곡 없이 수용하는 마음이야말로 상대방을 인정하는 길이며 그것이 가능하지 않다면 굳이 한 몸이 되어 불편하게 살아갈 이유가 없다.

나이가 들면서 부모를 비롯한 여러 어르신들의 행동과 심리 유형을 유심히 살펴보게 된다. 긍정적인 모습이든 부정적인 모습이든, 어른들의 모습은 타산지석이나 본보기로 삼아야 할 대상이다. 노부부가 한 몸처럼 노년을 보내지 못하는 경우는 대개 서로를 배려하지 않는 아집에서 비롯된다. 어머니들은 나이가 들어 마침내 모든 노동에서 자유로워야 할 시절을 맞이했지만, 은퇴한 아버지들의 삼시 세끼를 챙기느라 뒤늦은 시집살이를 하게 된다. 아버지의 은퇴는 있어도 어머니의 은퇴는 없는 셈이다. 나이 먹는 것은 똑같은데 시간을 보내는 모습은 전적으로 다르다. 한 사람이 또 한 사람을 위해 끊임없이 배려를 강요당하고 있는지도 모른다. 최근에 한국 사회는 이혼으로 몸살을 앓는 중이다. 세 커플 중 한 커플은 이혼을 한다는 통계가 있을 정도로 많은 부부가 헤어지고 있다. 상처와 고통을 이겨내며 하나가 되기로 결정한 연리목은 어떤 심정이었을까? 하나로 합쳐지는 것이 얼마나 어려운 일인지 알고도 그 용기를 내었을까? 어떻게 그 마음을 내었을까?

산길 오르기에 고단하고 바빴던 젊은 시절에 보지 못했던 꽃들을 우리는 비로소 내려가는 길에 쳐다보게 된다. 그 와중에 우리는 자신을 찾고 들여다보는 시간을 갖게 된다. 배우자의 꽃구경 하고 싶은 마음도 읽어낼 줄 알아야 한다. 연리목의 태생과 죽음에서 볼 수 있듯이 함께하는 길이 그 방법이다. 기왕이면 즐거운 도리가 좋지 않겠는가. 건강하고 오래 살기를 도

모하는 '양생(養生)'이자 함께하는 삶을 의미하는 '양생(兩生)'의 길, 꽃길이다.

김시습의 『금오신화』 중 「만복사저포기」에는 주인공 양생이 죽은 여인네와 결혼을 하였다가 다시 헤어지는 장면이 있다. 그러고 보니 남자 주인공의 이름이 양생이다. 여인이 헤어지며 양생에게 이런 말을 한다. "연리지에 열린 꽃은 해마다 붉건마는 / 어이타 인생 백년 저 꽃과 같지 않아 / 한 많은 이 청춘은 눈물만 고이느뇨." 산 자의 몸으로 양생과 생을 함께하고 싶어 하는 여인이 연리지만 못한 자기 신세를 애달파한다. 예나 지금이나 연리지는 연정을 품은 사람들에게 멘토 같은 존재였다. 그러니 함께하는 동안 지인이든, 정인이든 성심껏 잘할 일이다. 처음의 그 마음처럼. 연리지는 세월이 지날수록 더욱 믿음직스럽다. 믿음직스러워진다.

나는
지구이고 우주이고 생명이다

이 세상 어느 것도 홀로 피어나고 홀로 존재하는 것은 없다. 꽃 한 송이도 우주의 도움이 있어야 자라고 피어난다. 지구 반대편에서 만들어진 기압의 변화로 지금의 이 바람이 불어오는 것이고, 1억 5천만 킬로미터 떨어진 태양의 빛은 우주와 대기권의 공기를 거쳐 제비꽃의 잎 위로 도달한다.

46억 년 된 지구에 지금 이 순간도 수많은 생명이 살아가고 있다. 끝을 알 수 없는 우주 속 어딘가에, 지구라는 작은 별에서 생명이 탄생하여 들숨과 날숨을 교환하며 산다는 것은 기적 같은 일이다. 나무가 뱉은 산소를 내가 마시고 나의 폐에서 나간 공기는 세상을 돌고 돈다.

천체나 인체를 공부하다 보면 종종 인간의 한계에 부딪히고 결국 신의 영역이 존재한다는 사실을 깨닫게 되곤 한다. 그래서 과학자들 중에는 신을 믿는 사람이 의외로 많다고 한다. 대학에서 공부할 때 생화학 전공의 한 교수님이 하신 말씀이 아직도 생생하게 떠오른다.

"정자와 난자가 만나 수정체가 되고 세포분열을 거쳐 기관이 만들어지고 사람이 되는데 어느 단계에서 사람의 영혼이 들어온다고 생각하는가?"

질문을 던지시던 그 순수한 눈빛을 지금도 잊을 수 없다. '과학은 인간의 손을 떠난다'라는 신문 기사를 읽은 적이 있다. 인간의 두뇌와 손끝에서 탄생한 기계가 인간을 공격하고 배신하는 부메랑으로 변해 다시 돌아온다는 뜻이다. 이미 자연은 계속해서 신호를 보내고 있다. 숲에 사는 나무와 풀, 그리고 그들에게 기대어 사는 수많은 곤충과 새와 동물들은 집을 잃어버리고, 어디에 새끼를 낳아 기를지 방황하고 있다. 생태계의 연결고리가 끊어진 뒤에 우리는 어디에서부터 시작할 참인가? 인간이 만물을 다스릴 수 있다는 만용에서 벗어날 때, 인간과 자연이 진정으로 함께할 때, 비로소 인간은 우주가 될 수 있다.

십여 년 전만 해도 도시의 어느 곳에서건 참새가 떼를 지어 전깃줄에 앉아 있었고, 팔랑거리는 나비는 봄이 왔음을 알리는 꽃의 친구였다. 그토록 많던 참새와 나비들은 다 어디로 갔을까? 한 세기도 아니고 불과 몇 십 년 사이에 어떤 생물이 사라지고 개체수가 급격히 줄어들었다는 사실에 사람들은 별로 개의치 않는다. 개울가에서 돌멩이를 들어내면 그 아래에서 쉽게 발견할 수 있었던 가재가 이제 귀하디귀한 손님이 되어버렸다는 것에, 흔하게 만나던 생물들이 어느 때부터인가 멸종 위기종으로 분류되었다는 것에 사람들은 심각한 문제의식을 느끼지 않는다.

아인슈타인은 벌이 지구 상에서 사라지면 4년 안에 인간도 사라진다고 경고하였다. 벌은 대부분의 식물이 결혼하고 자손을 퍼뜨리는 데 있어 중요한 매개자 역할을 하는 생명체이기 때문이다. 벌이 사라지면 식물의 대가 이어지지 않을 테고, 식물이 사라지면 동물은 먹고살 것이 없다. 이렇듯 한 생명이 사라지는 것은 그 한 존재에만 끝나는 일이 아니다. 모든 생명은 유기적으로 관계를 맺고 있다. 심장이 온몸으로 피를 돌리고, 폐가 산소를 공급하고, 뇌에 의해 몸의 여러 시스템이 움직이듯 생태계는 한 몸으로서 돌아간다. 벌이 사라지면 인간이 먹을 양식도 사라진다. 실제로 지구 상의 벌 상당수가 사라졌다고 한다. 생물의 절멸 속도는 갈수록 빨라지고 있다.

일전에 누에 애벌레를 몇 마리 분양받아 기른 적이 있다. 누에가 뽕잎 갉아 먹는 소리를 눈을 감고 듣고 있으면 비 내리는 소리로 들린다. 그 소리에 귀를 기울이던 경험은 지금 돌아보아도 특별하고 아름다운 기억이다. 이 누에가 몸집이 커가니 먹는 양이 엄청나 금세 잎이 바닥났다. 뽕나무가 있다는 서울의 어느 장소를 알아내어 뽕잎을 가져왔다. 혹시나 하는 마음에 잎을 깨끗이 닦고 물기를 말린 뒤 누에에게 주었다. 그런데 한나절이 지나 들여다보니 몇 마리의 애벌레가 진액을 흘리며 몸을 틀면서 괴로워하고 있었다. 도시의 잎이 살충제로 오염되었으리라는 예상은 했지만 이 정도로 심각할 줄은 몰랐다. 잘

못된 먹이를 줬다는 자책감으로 나도 괴로웠다. 이상이 생긴 녀석들을 따로 격리시키고 바라보자니 저절로 기도하는 마음이 되었다. 하루가 지나자 다행히 이 녀석들이 진액을 멈추고 고치를 틀기 시작했다. 몸이 제대로 크지 못해서 고치의 크기가 정상적인 것들의 3분의 2 정도로 작긴 했지만, 어떤 상황에서도 생존하여 자손을 번식시키려 끝까지 애쓰는 모습을 보니 괜스레 경외감이 일었다. 어떤 작은 생명이라 해도 하찮다고 할 만한 것은 아무것도 없다.

한편으로, 누에의 괴로워하던 모습을 보면서 우리도 그 살충제를 소량씩 흡입하고 있다는 사실을 진지하게 돌아보게 되었다. 살충제로 키우는 과일과 채소를 먹으며 오염되어가는 우리의 몸, 그리고 살충제로 인해 죽고 파괴되어가는 수많은 작은 생명에 대해 우리가 고민하지 않는다면 대체 어떻게 될 것인가. 제초제와 살충제로 어떤 종류의 식물이나 동물이 사라진다면 그를 먹이로 하는 천적의 존폐가 위태로워진다. 이런 식으로 사라지거나 사라질 위기에 놓인 생명이 너무 많다. 나비 한 종, 풀 한 종이 사라진다고 지구 생태계에 큰일이 일어나는 것은 아니라고 사람들은 안심하는 것일까? 이런 현상이 동시 다발적으로 계속적으로 일어난다면 이 거대한 관계의 네트워크 어느 부분에 큰 구멍이 나게 되고, 작은 파동은 결코 소멸하지 않은 채 다른 파동과 만나 더 큰 파동이 될 수 있음을 사람들은 설마 모르고 있는 것일까? 아마도 사람들은 모르는 것이 아니라 모르는 체하고 있는 것이리라. 사람들도 이 파동으로부터 예외가 될 수 없음에도 불구하고.

아이들의 과학교실을 따라다니며 들풀과 나무, 물속 생명에 대해 배운 시절이 있었다. 아이들이 애벌레나 물속 생물을 귀엽다며 만지려고 하자 선생님이 말하기 시작했다.

"이 친구들은 여러분보다 정말 몸이 작아요. 잘못 누르면 아픈 게 아니라 죽겠지요. 이 아이 전체 몸이 여러분과 비교하면 몇 배나 될까요? 오십 배? 백 배? 이 친구에게 여러분은 상상할 수조차 없을 정도로 큰 거인이에요. 그 거인은 손도 엄청 뜨거워요. 여러분이 신기하다고 이 친구들을 만지면 어떻게 될까요? 여러분 손이 지닌 온도라면 이 친구는 화상을 입을지도 몰라요. 정말 보고 싶을 때엔 직접 손으로 만지지 말고 나뭇잎 위에 이 친구를 살짝 앉힌 뒤에 보아야 해요."

나뭇잎이 물속에 떨어지면 물속의 옆새우가 잎맥만 남기고 갉아서 분해를 시켜 잎을 망사처럼 만든다. 선생님은 옆새우를 관찰하자며 손을 미리 물에 담그고 있다가 물속 잎을 꺼내서 손 위에 올려놓고 옆새우와 몇몇 수생곤충에 대해 설명했다. 아이들에게 물속에 손을 넣어보라 하고는 그 온도를 직접 느껴보게 만들었다. 아이들은 정말 진지해졌다. 숲 속에 사는 나무도 작은 물속 생물도 모두 소중한 생명이라고 말로 수십 번 강조하는 것보다 그 생명들을 진심으로 배려하고 맞추어가는 선생님의 사소한 동작들이 아이들에게 더 커다란 반향을 일으킨

옆새우와 옆새우가 분해시킨 잎.

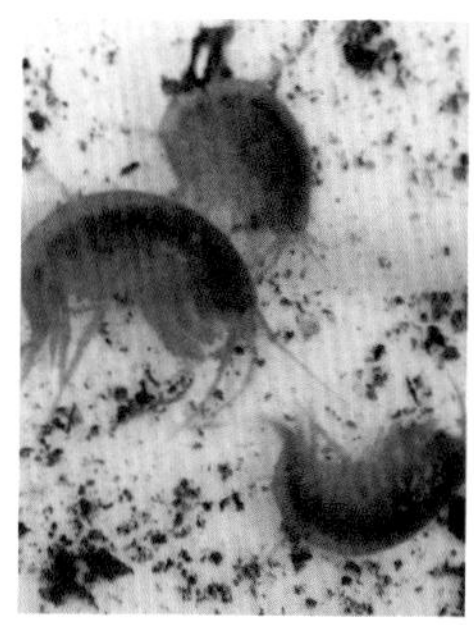

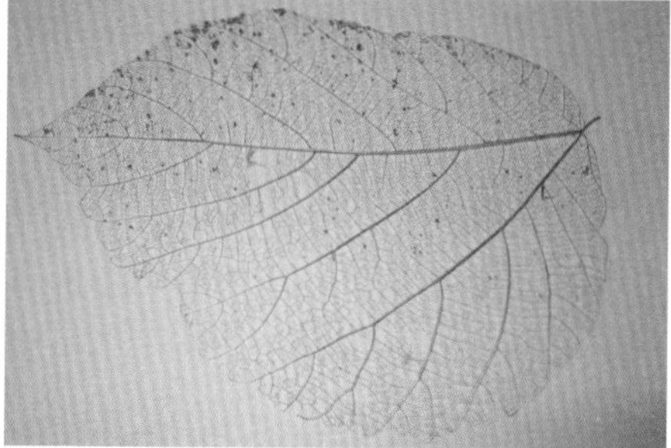

듯했다.

아이와 함께 과학교실에서 돌아오는 내내 많은 생각을 새롭게 했고, 그렇게 숲을 알아가기 시작했다. 지식을 가르치기 이전에 생명을 존중하는 근본적인 자세를 전수하려는 선생님의 열정에 감명받은 이 날의 반성과 배움이 그 이후 생명을 대하는 나의 시각과 철학에 많은 영향을 미쳤다.

자연은 스스로 치유할 능력이 있고 변화에 적극적으로 대처한다. 네 번의 빙하기와 다섯 번의 대멸종이 있었음에도 지구는 적응하고 그에 맞게 변화해왔다. 살아남은 생명들도 환경에 맞추어 대처하였고, 새로운 종이 출현해 빈자리를 메우기도 했다.

잡초라 불리는 풀이 생명력이 긴 이유는 다음 세대로의 빠른 정보 전달력 때문이다. 풀과 나무의 차이는 나이테와 겨울눈의 유무이다. 나무에만 있는 나이테는 식물이 매년 몸집을 키운다는 증거이고 겨울눈은 다음 해를 미리 준비한다는 뜻이다. 풀은 생의 주기가 일 년 내지 이삼 년에 불과하기에 부피를 키울 이유도 다음 해를 준비할 필요도 없다. 들풀은 생의 주기가 짧기에 변화된 정보를 나무나 동물보다 신속하게 다음 세대에 전달한다. 일년생 풀들은 유전자 정보를 매년 다음 세대에 전달한다. 수명이 길고 조직이 보다 복잡한 동·식물은 이런 면에서 불리하다. 변화된 환경에 적응하고 그 정보를 다음 세대에 전달하여 최적화되기 위해서는 시간이 필요하다. 그렇기 때문에 온난화의 속도를 늦추어야 지구도 서서히 적응할 수 있다.

우리를 저항할 수 없는 힘으로 제압하는 것은 자연이다. 나무뿌리가 흙을 잡아주지 못해 산이 무너져 내리고, 지구가 더워지며, 꽃 피는 시기가 질서를 잊고, 곤충은 먹이를 찾지 못하고, 그 곤충의 천적이 방황한다. 봄 기온이 급상승하면서 꽃이 하루아침에 동시다발적으로 만개하여 풍성한 꽃 잔치를 즐기게 되었으나 차례차례 순서대로 꽃을 기다리는 설렘은 사라졌다. 그리고 어떤 생명은 존폐의 기로에 서게 되었다.

인간과 여타 생물의 가장 큰 차이점은 문명을 이루고 그를 향유하며 산다는 점이다. 문명을 포기하고서는 살 수 없는 것이 이제 인간의 숙명이기도 하다. 자연과 문명 사이의 중간적 공간에서 사는 것이 우리들의 모습이다. 자연이냐 문명이냐를 양자택일할 수 없기에 두 가지를 공유하며 사는 우리에게 주어진 숙제이자 의무는 문명으로 인해 파괴되는 지구의 자연에 대해, 그리고 사라지고 상처받는 다른 생명체에 대해 공존의 길을 모색하는 일이다.

들풀에 대해 가르치는 선생님이 잎이나 줄기를 따는 것을 보고, 지나가는 사람들이 '식물을 공부한다는 사람이 식물을 꺾느냐'며 항의한 적이 있다고 한다. 식물을 연구할 때에도 개체수를 염두에 두고 반드시 필요한 경우에만 식물을 채집해야 한다. 해부학이 없었더라면 의학이 이토록 발전할 수 없었고 많은 질병으로부터 사람들의 생명을 지켜내지 못했을 것이다. 동물실험이 없었다면 약의 효능을 입증하여 사람에게 투약하는 것은 불가능했을 것이다. 동물실험을 하되 그 동물들의 명복을 빌고 사죄하는 마음을 가져야 한다. 필요한 만큼 생물의 견본을 취하되 합당한 기준이 필요한 것이다.

지구의 기원이 46억 년 전으로 알려져 있는데, 생물은 36억 년 전에 처음으로 출현하였고, 인간의 시조로 불리는 호모사피엔스는 약 20만 년 전에 나타났다. 이 46억 년을 1년으로 가정하고 지금 현재를 그 1년 중 마지막 날로 가정할 경우, 지구는 1월 1일 0시에 생성되었고, 생물은 2월 15일쯤에 처음 출현했으며, 호모사피엔스는 지금 이 순간으로부터 22분 51초 전에 나타난 셈이다. 인간은 가장 늦게 나타나 지구의 미래를 위험에 빠뜨리고 다른 생물들의 존폐에 영향을 끼치는 존재가 된 것이다. 지구 생명체의 입장에서 보면 굴러온 돌이 박힌 돌을 빼내는 격이다.

문명의 뒤에는 숲이 있고 앞에는 사막이 있다. 4대 문명인 메소포타미아 문명, 이집트 문명, 인더스 문명, 황하 문명은 모두 숲이 있는 강 하구지역에서 발달하였다. 나중에 그 지역들의 대부분은 사막으로 변했다. 자연에 대한 인간의 무례함은 어디까지 갈 것인가. 우리가 무심코 던진 돌이 부메랑이 되어 언제 우리를 향해 날아올지 모른다.

자연계에서 생물들이 사라지는 것뿐 아니라 우리가 먹는 음식의 종류도 단순화되고 있다. 밀, 옥수수, 감자, 콩 등은 이미 다국적기업이 개량한 품종으로 재배되어 세계의 식단을 단순화시키고 있다. 자연 수정으로 유전적 다양성을 확보하지 못한 '복제품'인 셈이다. 생식능력이 없는 식물이라니, 인간이 생명의 존재방식을 이토록 헤집어놓아도 된다는 말인가.

예전에 시골 할머니 댁에 가면 옥수수를 벽에 걸어 말리는 풍경을 종종 보곤 했다. 내년 씨앗 할 것이라던 할머니의 말씀은 이제 호랑이 담배 피우던 시절의 옛이야기가 되어버렸다.

모든 생명의 관계 맺기에 있어 전방에서 일차적인 역할을 하는 것이 식물이다. 식물의 가장 중요한 역할은 바로 광합성이다. 광합성이란 빛을 이용해 무언가를 만드는 것이다. 식물은 빛에너지를 이용하여 공기 중의 이산화탄소, 식물 안의 물로부터 양분(탄수화물), 즉 밥을 만든다. 식물은 지구의 생물들에게 밥과 산소를 제공하는 가장 근원적인 존재이다. 우리는 식물

다음 해 씨앗 하기 위해 말리는 옥수수.

없이 단 한 톨의 곡식도, 단 한 줌의 산소도 만들어내지 못한다. 스스로 움직일 수는 없지만 식물은 스스로 밥을 짓고 산소를 만드는 지구의 밥솥이며 호흡기이다.

이 세상 어느 것도 홀로 피어나고 홀로 존재하는 것은 없다. 꽃 한 송이도 우주의 도움이 있어야 자라고 피어난다. 지구 반대편에서 만들어진 기압의 변화로 지금의 이 바람이 불어오는 것이고, 1억 5천만 킬로미터 떨어진 태양의 빛은 우주와 대기권의 공기를 거쳐 제비꽃의 잎 위로 도달한다. 우리 곁의 작은 들풀 하나하나가 모두 소중한 이유는 생명이 있는 존재이기 때문이다. 나도 너도 제비꽃도 각각 이 세상에서 유일무이한 작품이다.

프랑스의 바칼로레아(Baccalauréate)는 우리나라의 수학능력시험에 해당하는 평가 제도이다. 1808년 나폴레옹 시대부터 시작된 이 시험에는 정해진 답이 없다. 이 시험은 학생들뿐 아니라 모든 프랑스 시민에게 토론과 사유의 장을 마련한다. 바칼로레아의 철학 과목 시험에는 다음과 같은 문제들이 출제된 바 있다. 중국에서 천안문 사태가 발생한 1989년에는 '폭력은 어떤 상황에서도 정당화될 수 없는가?'라는 문제가, 정치인의 탈세와 비리가 사회적 문제로 대두된 2013년에는 '정치에 관심을 두지 않고도 도덕적으로 행동할 수 있는가?'라는 문제가 나왔다.

2015년 문제는 '모든 살아 있는 존재에 대한 존중은 도덕적 의무인가?'였다. 우리는 이 질문에 어떤 답을 써낼 것인가? '자연을 배제하고 인간이 삶을 영위할 수 있는가?' 또는 '자연을 파괴하고 얻는 가치는 얼마나 의미가 있는가?'라는 문제에 대해 생각해보아야 할 때가 아닐까?

인문학자가 들여다본 씨앗 속 무수한 세상

조용히 피었다 지는 꽃이 어느 날 갑자기 하나도 눈에 띄지 않는다면 어떨까? 사람들은 특별한 유용함 없이 곁에 존재하다가 사라지는 생명체에 대해서는 대개 별다른 관심을 보이지 않는다. 그러나 꽃 한 종, 도롱뇽 한 종이 사라진다는 것은 나와 나의 연인, 그리고 미래의 아이들이 살아갈 세상이 사라질 수도 있음을 의미한다.

2009년에 개봉된 제임스 카메론의 영화 〈아바타〉는 자연을 숭배하는 나비족과 개발 논리만을 앞세우는 인간의 대치 상황을 보여주었다. 2013년 봉준호 감독의 〈설국열차〉는 태어난 열차 칸에 따라 계급이 정해지는 사회를 통해 인간 생태계의 먹이사슬을 형상화했다.

생태계라는 말은 인간 중심의 언어가 아니다. 환경이라는 말이 인간 중심적 표현이라면 생태계는 여러 생물종 안에 인간을 포함시킨 수평적 시각의 언어이다. 즉 모든 생명체의 다양성을 인정하며, 인간과 자연의 관계를 총체적이고 상호적인 것으로 파악하는 입장에서 생태계라는 말은 존립한다. 따라서 생태계가 가장 중시하는 관점은 '관계성(net-works)'이다. 이는 모든 생명체가 소통하고, 순환하며, 서로의 다양성(diversity)을 인정한다는 것으로, 이것이 생태계가 평화롭게 존립할 수 있는 핵심 가치이다. 생태계 안에서는 한 개체가 너무 많아져도 안 되고 무너져도 안 된다. 개체들이 각자 팽팽하게 유지되는 가운데 주고받는 관계여야 구조가 순환된다는 것이다.

열매를 보면 씨앗이 몇 개 들어 있는지 알 수 있지만, 씨앗을 보면 열매가 얼마나 열리게 될지 알 수 없다. 씨앗 속의 우주는 예측할 수 없는 세상이다. 그래서 씨앗은 우리의 예단할 수 없는 미래와 같다. 아래의 두 편의 시에 나타난 수박에 대한 각각의 단상은 확연히 대비된다. 이선영의 수박은 우리가 즐겨 먹는 자연의 수박이고, 복효근의 수박은 다디단 과육을 위해 인위적으로 만든 '씨 없는 수박'이다. 운명이 다르니 과육의 속살이 품고 있는 씨앗의 생각과 미래는 다를 수밖에 없다.

내 안에 일찍이 이런 세계가 숨어 있었던 줄은 몰랐다
달콤하고 거대하며

이렇듯 나를 들뜨게 할

나는 어둠속에 묻힌 아주 작은 씨앗이었으며
나에게 생이란 퀴퀴한 흙냄새뿐이리라고 생각했다

꽤나 길게 느껴지던 시간을 견디고 나자
흙 속 어딘가에서 조금씩 단내가 감돌았다
그리고 어느 날 세상은 더 이상 흙빛이 아니었다, 나는
달콤함의 한가운데에 둥싯 떠 있었다 나는 그 망망대해를 누볐다

– 이선영, 「수박씨」 중에서

건강한 수박 속의 씨앗은 그를 들뜨게 할 미래가 망망대해처럼 푸르기만 하다. 건강한 자연 속에서 태어난 씨앗들은 건강한 마음으로 흙빛 같은 어둠 속에서도 단내를 맡으며, 자신에게 일찍이 숨어 있던 세계를 발견한다. 씨앗 속에는 수많은 비전과 미래가 있다. 긴 시간을 견뎌낼 수 있는 인내력만 주어진다면 씨앗은 과거라는 흙을 힘차게 밀고 나와 단내 나는 미래와 상봉하게 된다. 씨앗은 수많은 '나'이며, 나의 자식이다.

그러나 인간의 편리함을 위해 만든 씨 없는 수박의 씨앗은 존재의 이유를 잃어버렸고, 수박의 원형은 왜곡되었다. 왜곡된 세계 안의 씨앗은 그럼에도 미래를 위해 생명을 다해 꿈틀거린다. 시인은 '씨 없는 수박' 속의 씨앗이 되어 세상을 바라본다.

씨 없는 수박이다

그러나 씨가 전혀 없지는 않아서

씨였을, 씨가 될 법한, 씨를 기억하는

혹은

씨가 되고 싶은, 씨의 흔적이

이를테면 없는, 씨앗이

맺히기 시작하는 태아처럼 매달려 있다

그러니까 이것은

하느님도 포기해버린 새싹에의 희망을

제 몸에 새겨보겠다고

저항한 흔적이 아니라

이놈을 통째로 심는다 해도

수박의 싹은 애초부터 볼 수 없으리라

그러나 잘 봐라

애저녁 노을 속에 고개를 내미는 별처럼

그 여릿여릿한 수박의 눈빛이

저물어버린 다음의 하늘 향하여 깜빡이고 있는 것 같지는 않으냐

(중략)

이제 다만

내 생의 오후와

저물어버린 그 다음까지를 염려하여

분명 꿈틀대며 버팅기며 반짝이고 있으리니

당신이 나를 깨물면
그 증거로 한 입 가득
다디단 영혼의 즙액을 고이게 하리라

– 복효근, 「씨 없는 수박」 중에서

"씨가 될 법한, 씨를 기억하는 혹은 씨가 되고 싶은, 씨의 흔적"이 마치 언젠가 없어질 인류의 흔적처럼 섬뜩하다. "물어버린 그 다음까지를 염려하여 / 분명 꿈틀대며 버팅기며 반짝이고 있으리니"라는 대목에선 그럼에도 불구하고 씨앗의 덕목인 희망을 엿볼 수 있다. 씨앗에게 운명처럼 주어진 희망은 마치 고문처럼 여겨져 인간으로서 죄스러운 마음이 들 정도이다.

수박을 통째로 심어도 수박은 다시 나지 않는다. 조물주도 포기해버린 변형된 수박은 자신이 어떻게 변했는지도 모른 채 "여릿여릿한" 눈빛으로 세상을 응시한다. 씨 없는 수박 안에서 씨앗들이 바라보는 세상은 "저물어버린 다음의 하늘"이거나 "생의 오후"이지만 "저물어버린 그 다음"을 염려하는 미덕과 희망을 품고 있다. 미래를 향한 염려는 씨앗의 운명이다. 그래서 씨앗은 다시 한 번 "꿈틀대며 버팅기며 반짝이고" 있다. 세상에 대한 씨앗의 외침처럼.

씨 없는 수박은 씨가 있지만 종자의 구실을 하지 못하는 것으로, 일반 수박에서는 종자가 영양분을 먹는 반면 씨 없는 수박에서는 영양분이 씨에 축적되지 않고 과육으로만 저장되어

당도가 훨씬 뛰어나다. 씨 없는 수박은 염색체 수의 변이를 통해 얻은 종이다. 인간의 목적에 의해 만들어진 씨 없는 수박은 다른 생물체의 유전자를 도입하지 않은 유전자 변형 작물이다. 그럼에도 씨 없는 수박 안의 씨는 자신의 미래를 위한 질주를 포기할 줄 모른다.

씨앗은 다음 세대를 위한 미래만 준비하는 것이 아니다. 씨 없는 수박의 운명은 현대를 살고 있는 여성들의 모습과 흡사하다. 진정한 나 자신을 발견하기도 전에 과육을 위해 변형되고 왜곡된 나를 세상에 내주었던 것은 아닌지 여성들은 가만히 내면을 들여다보아야 한다. 씨 안의 미래가 날것이듯 자신의 다양한 잠재력을 발견하고 열어가는 일이야말로 건강한 인간 생태계를 위한 출발이다.

침팬지 행동연구의 세계적인 권위자이자 환경운동가인 제인 구달의 정신을 이어받아 한국의 생태학자인 최재천 교수가 설립한 '생명다양성재단(The Biodiversity Foundation)'에서는 '생명다양성'을 이렇게 설명한다.

자연은 어느 한 종이 우점하는 것이 아니라 다양한 생물이 한데 어우러져 사는 모습을 나타냅니다. (중략) 생명다양성재단은 한곳에 존재하는 생물 종의 수를 지칭하는 생물학 용어인 '생물다양성(生物多様性)' 대신, 인간 이웃을 포함하여 터전을 공유하는 모든 생명과 삶의 방식을 아우르는 '생명다양성(生命多様性)'을 핵심 가치로 삼았습니다.

우리는 이제 종의 다양성을 넘어, 인간 이웃을 포함하는 터전을 공유하는 모든 생명과 삶의 방식을 아우르는 '생명다양성'이라는 가치 앞에서 자신과 자신이 속한 사회를 생각하지 않을 수 없다. 지금까지와는 다르게 미래를 다시 디자인하는 것이 시급하다.

오늘날 우리는 다양한 가치관과 다양한 생각을 이전보다 더 빨리, 더 많이 마주하고 있다. 이전의 삶의 양식은 이미 복원할 수 없을 정도로 변화되고 해체되었다. 어떻게 변할지 모를 미래를 위해 생명의 다양성을 인정하는 것은 인간이 선택할 수 있는 마지막 방법이기도 하다. 이 말을 확장해보면 '풍요로운 사회는 세속적인 성공 여부와 상관없이 좋은 삶에 도달할 수 있는 길을 제시하는 곳'이다.

열심히 자기 인생의 현실적인 숙제를 풀며 살아온 여성들은 어느 순간 선택의 기로에 선다. 숙제를 풀면 보상이 주어질 줄 알았던 인생의 후반부에 또 다른 숙제가 도돌이표로 돌아온다. 이를테면 손자 손녀의 육아 문제가 어쩔 도리 없이 중년 이후의 삶을 잠식하게 된다. 이러한 식의 세대 간 문제를 이 사회가 풀어내지 못한다면 중년 이후의 삶은 다양하기는커녕 더 많은 짐을 지게 될 것이다. 사회에서든 가정에서든 '진정한 나'를 중심으로 가족과 사회를 새롭게 자리매김해야 할 때이다. 지금 여기가 바로 다양한 내 삶의 중심추를 찾을 공간이다. 못생긴 감자처럼, 씨 많은 수박처럼, 오목조목 삶의 재미를 탑재한 나로 살 수 있도록 서로 돕고 칭찬해야 한다.

꽃은 자기가 피어야 할 때를 분명히 알고 있다. 지금이다 싶으면 그 시기를 놓치지 않는다. 자신의 생명 주기를 따라 자기 나름대로의 길을 간다. 그러나 인간은 자기의 때를 알지 못하는 듯하다. 종족번식을 위해 꽃이 자신만의 고유한 길을 걷는 동안 인간은 자신의 삶의 속도를, 남들이 결혼할 때, 아이를 낳을 때, 직장을 잡을 때를 기준으로 결정하고 자신의 길 위에 남의 길을 포개 얹고자 한다. 자아실현이 될 리 없다. 생의 본질을 파악하고 있다면 자기 길 위에 다른 사람의 길을 겹쳐놓

우리는 생태계 안에서 살아가는 씨앗이다.

지 않는다. 남의 길 위에서 자신의 길을 찾으니 조로, 우울증, 자기 비하, 공황장애에 허덕일 수밖에 없는 노릇이다. 남의 옷을 입고 사는 인생이기에 곁눈질을 하면서 다른 사람과 겨누어 자신의 위치를 파악하고 나의 행복을 가늠한다.

다시 처음의 화두로 돌아가보자. 생태계가 가장 중시하는 관점이 관계성과 다양성이라면 나의 관계성과 다양성은 어디에 있는가? 우리의 삶에서 균형 잡힌 관계와 넉넉함은 어떻게 유지되고 있는가? 자신의 길 위에 다른 이의 길이 놓인 것은 아닌지, 나는 건강한 씨앗으로서 미래를 꿈꾸고 있는지, 그리고 사회와 건강한 소통을 위해 애쓰고 있는지, 내 안의 씨앗을 균형감을 지니고서 새삼스레 들여다볼 일이 남았다. 나는 생태계 안에서 살아가는 작고도 큰 미생(未生)이자, 완생(完生)을 꿈꾸는 씨앗이다.

11

무화과,
보이지 않는다고 꽃이 아닌가

보이지 않으면 꽃이 아니던가? 보이지 않았다고 그때 나는 꽃이 아니었을까? 누군가는 씨앗에 신의 의지가 숨어 있다고 말하지만 나는 그 씨앗 속에 움을 틔우는 인간의 의지도 함께 묻어 있다고 말하고 싶다. 꽃을 피우는 일은 인간과 신이 함께 연주하는 협주곡이다.

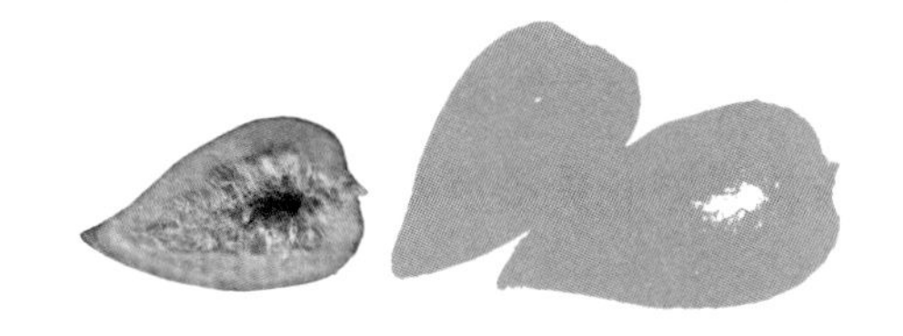

"달래도 꽃이 피니? 냉이도? 난 한 번도 본 적이 없는데?"

달래와 냉이는 내 친구에게 먹는 나물 이상이 되지 못했다. 화분에 피는 관상용 꽃의 울긋불긋한 아름다움으로 시선을 끄는 것도 아니고 야생화라는 이름을 달지도 않은 '나물'들은 꽃이 있는 줄도 모른다. 홀씨로 번식하는 이끼나 고사리류 등을 제외한 대다수의 식물은 꽃을 피운다. 우리가 먹는 나물도 당연히 꽃이 있다. 돌이켜보니 나도 그랬다. 공부하기 전에는 먹는 나물에 꽃이 필 것이라고 생각하지 못했다.

"그러면 무화과는? 정말 꽃 없이 생기는 열매 아니야?"

꽃이 없는 과일이라서 무화과(無花果)라던데 어찌 된 일인지 물어온다. 뜻풀이를 해보면 과연 꽃이 없는 과일이다. 그러나

달래꽃과 냉이꽃. 나물도 꽃을 피운다.

무화과 입장에서 보면 어이없는 노릇이다. 우리가 열매라고 부르는 그 둥근 무화과 안에 수백 수천의 꽃송이가 감추어져 있기 때문이다. 단지 꽃이 우리 눈에 보이지 않는 것일 뿐. 꽃 비빔밥으로 먹는 꽃과는 비교가 되지 않는다. 무화과 열매 한 알만 먹어도 수백 송이를 먹는 셈이니까.

무화과나무는 손바닥 모양의 넓은 잎을 가졌고 잎겨드랑이에 주머니 모양의 열매가 맺힌다. 우리가 열매라고 부르는 부분은 꽃이 필 때 꽃턱과 꽃자루가 커져서 주머니 모양으로 꽃을 감싸고 있는 것이다. 꽃이 없는 것이 아니라 숨겨져 있다. 그래서 은화과(隱花果)라고도 한다. 사람에게도 드러나지 않지만 은은히 고운 이가 있는 것처럼 말이다.

무화과의 닫힌 자루 안에 있는 꽃들은 어떻게 가루받이를 할까? 바람이 불어도 꽃가루를 날릴 수 없고 곤충이 작은 구멍으로 들어가기는 쉽지 않아 보인다. 그래서 무화과 꽃만을 수분시킬 수 있는 특별한 매개자가 존재한다. 바로 무화과말벌이다. 무화과나무 꽃의 결혼과 그 중매쟁이의 이야기는 독특하고 흥미롭다. 무화과는 약 7백여 종이 있고 열매 끝에 구멍이 있는데 무화과의 종류마다 이를 뚫고 들어갈 수 있는 말벌종이 다르다. 무화과말벌은 작은 구멍을 통과할 수 있도록 몸길이가 2~3밀리미터이고 머리 모양이 납작하며 종에 따라 특화되어 있다. 일대일 체계이다. 그래서 무화과와 무화과말벌은 매우 끈끈한 협력 관계를 구축하고 있다.

무화과 꽃은 암꽃과 수꽃, 중성꽃이 있다. 무화과말벌의 암컷은 열매 속에서 태어난다. 그리고 자신이 태어난 열매 속에서 수꽃의 꽃가루를 묻힌 채 구멍을 통해서 나온다. 그러고는 다른 꽃 주머니로 들어가 꽃가루를 암꽃에 묻힌 후 중성꽃에 알을 낳고 죽는다. 중성꽃을 산란의 장소로 제공할 테니 진짜 암꽃은 씨앗을 맺도록 가루받이만 시키라는 것이다. 세상에 공짜란 없는 법이다. 알에서 먼저 깨어난 날개 없는 수컷은 깨어나지 않은 암컷에 수정을 시키고 암컷이 밖으로 나갈 수 있도록 길을 내고 죽는다. 무화과말벌은 무화과 속에서 태어나 성장하고 사랑하고 죽는다. 무화과는 오로지 자신만을 위해 진화한 말벌이 반드시 필요하고 말벌은 일생을 무화과 속에서 보낸다.

무화과는 말벌이 안식처와 먹이만을 섭취하고 꽃가루받이를 열심히 하지 않을 경우 응징을 가한다. 가루받이가 많이 되지 않은 꽃은 스스로를 건조시켜 자신을 나무에서 떨어뜨린다. 말벌은 꽃 속에서 죽는다. 일하지 않은 자, 살지도 말라는 무화과의 단호한 명이다.

그러면 우리가 먹는 무화과 속에는 주머니 밖으로 나가보지도 못하고 죽은 수컷과 알 낳고 죽은 암컷, 애벌레가 함께 있는 것일까? 아연실색할 사람들을 위해 변종이 생겼다. 사람이 재배하는 무화과는 대부분 가루받이 없이 암꽃의 씨방이 발달한 '단위결실(씨 없는 열매)'의 변종이므로 말벌의 사체가 들어 있지 않은 무화과의 꽃과 씨방이다. 이 열매는 먹기에는 좋으나 씨앗을 생성하지 못한다. 그래서 우리나라 대부분의 무화과는 묘목으로 재배한다.

무화과는 꽃을 피우지 않았지만 통째로 꽃이다. 보이지 않는다고 존재를 부인당한 무화과의 꽃은 안에서 피어난다. 밖으로 뽐내듯 피어나건, 안으로 보이지 않게 피어나건 꽃은 꽃이다.

꽃은 피면 언젠가 진다. 꽃이 지는 것을 슬퍼하는 것은 그 소멸을 보기 때문이다. 인간은 생명의 소멸을 무덤이라는 형식으로 취한다. 제주도는 푸른 푸성귀와 함께 밭 사이에 자리한 무덤이 무엇보다 인상적이다. 한 공간에서 산 자와 죽은 자가 같이 있으며, 죽어 땅에 묻힌 주검과 푸르른 푸성귀와 제주의 당근이 함께한다. 죽음은 단절이 아니라 생명 잉태의 근본으로 자리 잡고 있다. 바람 때문에 어쩔 수 없이 낮게 쌓은 돌담으로, 이 공간은 지나가는 차 안에서도 볼 수 있도록 개방되었다. 높이 없는 담과 무덤과 초록의 채소, 이곳의 농부는 삶과 죽음의 경계가 사라진 곳에서 살아간다.

우리가 살아야 하는 이유가 있다면 죽어서 남길 무엇이 있을 것이다. 나의 몸이 나중에 자연으로 돌아가 자식들이 풀 한 포기, 꽃 한 송이가 엄마인 줄 알고 살면 좋겠다. 나의 영혼이 남은 이들에게 위안이 되고 힘이 되었으면 한다. 그래서 사람은 다른 생명체보다 더 잘 살아야 한다. 숲에서 죽음은 반드시 퇴비의 역할을 한다. 쓰레기가 되는 죽음은 없다. 숲의 고사목이 수많은 생명을 품는 것처럼 인간의 죽음도 그러해야 한다. 찬란한 영혼은 온 세계와 세대를 뛰어넘어 고운 향기를 남긴다.

나의 할머니는 지극히 평범한 분이셨다. 할머니는 내가 태아였을 때 어디에서나 예쁨 받는 사람으로 자라게 해달라고 정화수를 떠놓고 비셨다고 한다. 나중에 전해들은 할머니의 이 비손 이야기는 내가 살아가는 데 든든한 에너지원이 되었다. 손녀인 나에게 있어 할머니의 삶은 위대한 공인(公人)의 삶만큼이나 소중하고 영향력이 컸다. 사람이나 꽃이나 크고 작음으로, 보이고 안 보이고의 여부로, 생명의 경중을 가릴 수 없다.

그래도 피지 못한 어린 꽃봉오리의 낙화는 더 각별하게 여겨진다. 가슴 아프지 않고 눈물이 나지 않는 죽음이 어디 있겠냐마는 지난 2014년 봄의 세월호 참사는 미완의 푸른 무화과 속에서 수많은 어린 꽃들이 피어나지 못한 채 죽어간 참담한 비극이었다. 안산 고잔역에서 분향소로 가는 길가에는 철쭉과 영산홍이 흐드러지게 피어 있었다. 열일곱 살의 삶으로 봉오리가 져버린 그들은 꽃 시절을 갖지 못했다. 푸른 껍질 안에서 현재를 저당 잡힌 채 살았고, 그나마 휴식처럼 잠시 주어진 학교 단체 여행길에서 바닥으로 떨어져버렸다. 붉은색 한번 내어보지 못하고.

삶과 죽음이 자연이고 신의 뜻이라지만 무참히 꽃이 꺾이는 것은 자연의 뜻이 아니다. 피어나지 못한 꽃눈들, 잎눈들 앞에서 우리는 잊지 않으리라고, 지켜주겠다고 약속해야 한다. 나만 소중하다고 여기며 살지 않았는지, 나의 물질적 이익과 나의 의견이 남들의 것보다 우위에 있다고 교만했던 것이 아닌지, 지난 잘못을 반복하며 살고 있지는 않은지…… 반성하고 또 반성한다. 신이 창조한 피조물 가운데 인간은 가장 추할 수도 가장 아름다울 수도 있는 존재이다.

회사원도 주부도 농부도 참사를 두고 우리의 책임이라고 미안하다고 했다. 사고와 직접적인 관련이 없는 어른들이 사과하는 이유를 아이들은 알까. 탐욕과 이기심으로 가득한 사회를 만든 책임에서 이 시대의 어느 어른도 자유롭지 못하기 때문이다. 거리에서 혹은 SNS에서 노란 리본을 단다고 현실이 바뀌는 것은 아니다. 끝없이 나만 주장하고 내 자식만 소중하다고 생각해온 뿌리 깊은 이기심이 부끄럽다. 양심을 저버리더라도 눈앞의 이익을 좇던 어른들은 저 푸른 꽃들의 낙화 앞에서 무릎을 꿇는다. 어떤 정신과 의사는 안산으로 거처를 옮겨 지역민들을 계속적으로 지원하고 도울 것이라 한다. 그러한 지속적인 관심이 우리 사회를 바꿀 수 있다. 진정성 있는 관심은 반드시 행동으로 나타나게 마련이다. 아픔을 기억하며 세월을 함께하

푸른 무화과의 숨겨진 꽃들, 그 작은 한 송이 한 송이가 소중하다.

는 것은 작지만 소중한 초석이 될 것이다.

푸른 무화과의 숨겨진 꽃들, 그 작은 한 송이 한 송이가 소중하다. 더 소중한 꽃도, 덜 소중한 꽃도 없다. 푸른 무화과는 빨간 무화과를 보며 익어간다는 속담이 있다. 앞서 익은 붉은 무화과의 꽃들은 뒤따라 익는 푸른 무화과 앞에서 한 송이 한 송이 피어나도록 이끌어주어야 한다. 기다리고 있는 모든 봉오리들이 만개할 수 있어야 한다.

인문학자가 발견한 꽃과 열매가 하나 된 세상

바티칸의 성 시스티나 예배당 천장에는 미켈란젤로가 그린 프레스코화가 있다. '원죄'를 저지른 아담과 이브의 모습이다. 이들은 금단의 열매를 먹고 자신들의 원죄를 깨닫고 알몸을 급히 덮고 있다. 수치심을 덮은 나무는 사과나무가 아닌 초록색 무화과나무였다.

기독교에서 말하는 무화과나무는 평화와 낙원의 상징이다. 그런데 아담과 이브가 이 평화와 낙원을 깨뜨린 것이다. 따라서 무화과나무는 평화이자 원죄를 의미하게 되었다. 히브리어로 무화과나무를 '패그(pag)'라고 하는데, 라틴어에서 '죄를 짓다'라는 뜻의 '페카레(peccare)'는 이로부터 유래된 단어이다.

인간이 죄를 짓는 것은 욕망 때문이다. 그 많은 욕망 중에 성

(性)에 관한 욕망은 인간을 이해하는 중요한 키워드이다. 무화과의 잎은 남성의 성기를 닮아 그리스 신화에서 성과 관련하여 자주 등장한다. 그리스에서 무화과나무는 성스러운 나무로 여겨져 제우스나 디오니소스 신에게 바쳐졌다. 또 무화과나무는 번영과 다산을 상징하기도 하여, 신화와 성경에 등장하는 무화과나무의 이야기를 따라가다 보면 인류의 역사를 만나게 된다.

무화과나무의 재배법도 다양했던 것으로 보인다. 농림수산식품교육문화원 홈페이지에서는 무화과나무를 두고 '그리스에서는 이미 기원전 372~287년 식물지에 야생무화과와 재배무화과의 차이를 기술했고, 기원전 234~149년 농업론에서는 무화과에 다양한 품종 이름을 붙여 분류했을 만큼 무화과는 밀보다도 오래된, 지구 역사상 가장 오랜 세월에 걸쳐 존재하는 나무 중의 하나'로 소개하고 있다. 인류의 역사와 함께한 나무라 하니, 열매 또한 그 긴 시간만큼 달콤한 것 같다.

얼마 전 유년기와 청춘을 보내며 삼십 년이나 살았던 집과 작별했다. 이 집에는 작은 마당이 있었는데 어머니가 알뜰히 가꾼 그 마당 꽃밭에 서 있노라면 나 자신이 마치 박혁거세의 어머니인 사소(娑蘇)가 되어 꽃밭에 서서 독백하는 듯한 착각에 빠지곤 했다. 그 꽃밭 언저리 장독대 근처에서 어머니는 작고 씨 많은 달콤한 열매를 한 개씩 따오곤 하였다. 무화과였다. 어린 시절의 무화과는 그토록 다디달았다.

'꽃이 피지 않는 과일'이라 무화과로 부르지만 실제로는 꽃

무화과의 꽃. 보이지 않았다고 그때 나는 꽃이 아니었을까?

이 과일 안에서 피기 때문에 없는 것처럼 보일 따름이다. 충격적인 것은 우리가 먹는 푸른 무화과 열매가 꽃이라는 사실이다. 이 놀라운 생명의 신비를 시 한 편으로 정리하는 시인의 눈이 보배이다.

이봐
내겐 꽃시절이 없었어
꽃 없이 바로 열매 맺는 게

그게 무화과 아닌가

어떤가

친구는 손 뽑아 등 다스려 주며

이것 봐

열매 속에서 속꽃 피는 게

그게 무화과 아닌가

– 김지하, 「무화과」 중에서

"내겐 꽃시절이 없었어 / 꽃 없이 바로 열매 맺는 게 / 그게 무화과 아닌가"라는 나의 말에 친구는 속정 깊이 "열매 속에서 속꽃 피는 게 / 그게 무화과"라고 알려준다. 그것도 등을 쓰다듬어주면서. 나에게도 꽃시절이 있었는지 다시 스스로 묻는다. 그리고 열매 속에서도 속꽃 피울 수 있다고 믿는지 또 물어본다. 잠시 생각하니, 꽃이 피었든 안 피었든, 내일 꽃 한 송이 피울 그 힘으로 친구와 함께 개굴창가 따라 비틀거리며 걷고 싶은 것이 우정의 꽃이거니 하고 끄덕여본다. 삼십 년 지기 지음에게 나는 저토록 다정한 무화과 같은 친구였을까? 보이지 않으면 꽃이 아니던가? 보이지 않았다고 그때 나는 꽃이 아니었을까?

누군가는 씨앗에 신의 의지가 숨어 있다고 말하지만 나는 그 씨앗 속에 움을 틔우는 인간의 의지도 함께 묻어 있다고 말하고 싶다. 꽃을 피우는 일은 인간과 신이 함께 연주하는 협주곡

같다. 무화과에 숨어 있는 선홍색 씨를 보며, 너희들은 언제 또 꽃을 피우려느냐고 묻는다. 무화과가 화답한다. '정말 그대는 보이는 것만 믿을 것인가?'

보는 것과 믿는 것 사이에 길항하며 사는 게 매일의 삶이다. 그러다 보면 스스로 답을 찾기 위해 침묵할 때가 있다.

어느 날 갑자기 나무는 말이 없고
생각에 잠기기 시작한다
하나, 둘
(중략)
이파리를 떨군다

– 황인숙, 「어느 날, 갑자기 나무는 말이 없고」 중에서

나무가 상념에 잠겨 이파리를 떨구며 나이 들어갈 때 우리는 무엇을 떨구며 선선히 앞으로 나아가고 있을까? 무화과가 화답으로 던진 질문에 나는 아직 용맹스럽게 대답하지 못하고 있다. 생각할 겨를 없이 살아가는 현실에 이파리 하나 떨구는 데에도 용기가 필요하니 말이다. 혹여 이파리 떨어지는 소리에 밥그릇 걱정을 하는지도 모른다. 심지어 떨어진 이파리를 애써 붙여놓고 욕심을 부리며 서 있는지도 모른다. 밥그릇 떨어지는 것이 두렵고, 늙는 것이 두렵다. 이런저런 욕심과 두려움에 떨

고 있을 때 한 시인은 이렇게 일침을 가한다.

오늘은 무슨 꽃이 피어나는가
오늘은 무슨 꽃이 떨어지는가

아침이면 가장 먼저
피고 지는 꽃들을 문안한다

너에게 꽃은 장식이지만
나에게 꽃은 성전이다

꽃보다 밥이라고 말하지 마라
문제는 먹고사는 거라고 소리치지 마라

밥도 삶도 꽃을 타고 왔다
만약 지상에 꽃 피는 속씨식물이 없다면
네가 아는 세계는 존재할 수도 없으니

나는 꽃을 타고 온 아이
나는 저 아득한 별에서
꽃내림으로 여기 왔다

꽃처럼 끈질긴 힘을 보았는가
꽃처럼 강인한 힘을 보았는가
나에겐 밥심보다 꽃심이다

나 쓰러지고 또 쓰러지면서도
작은 꽃들 앞에 무릎 꿇는 힘으로
끈질기게 다시 일어서고
끈질기게 다시 시작하고

꽃피는 노동으로
꽃피는 싸움으로
꽃을 타고, 꽃을 타고,
꽃내림으로
나 여기까지 와 있으니

– 박노해, 「꽃내림」 전문

오늘 무화과 꽃 피는 소리, 지는 소리를 들어본다. 다른 꽃들에게 꽃잎은 장식이지만 무화과에게 꽃은 그 자체가 결실이고 열매이다. 그러니 무화과를 과실이라고 말하지 말라. 꽃보다 열매라고 말하지 말라. 누구에겐 꽃이 세상 전부이고, 누구에겐 열매가 세상 전부이다. 그러나 무화과에게는 꽃이 열매이고 열매가 꽃인 세상이 전부이다. 그리하여 마침내 꽃과 열매가 하나 되는 이심전심의 세계, 물아일체(物我一體)의 세계, 내가 나비가 되고 나비가 내가 되는 무경계의 지경이 무화과의 세상이고, 바로 우리의 세상이기도 하다.

무화과의 성실한 마음은 오직 한 마음(唯心)을 유지하려는 유심(有心)이라기보다는, 무심(無心)한 듯 마음을 비우고 노력할 때 결실을 이루는 소리 없는 마음이다. 쓰러지고 또 쓰러지면서 작은 꽃들 앞에 무릎 꿇는 힘으로 끈질기게 피고 지고……. 무화과의 삶이 눈부시도록 달콤한 이유이다.

작은 꽃,
운명을 껴안고 행복을 받아들이다

식물은 움직이지 못한다. 한자리에 선 채로 사랑을 하고, 자식을 갖고, 또 그들을 멀리 날려 보내기 위해 얼마나 많은 고민을 했을까? 바람 불어도 막아줄 어미도 없고, 목이 말라도 어느 누가 물 한 바가지 가져다주지 않는다. 일상을 살아내는 것이야말로 푸른 기적을 일구어내는 것이다.

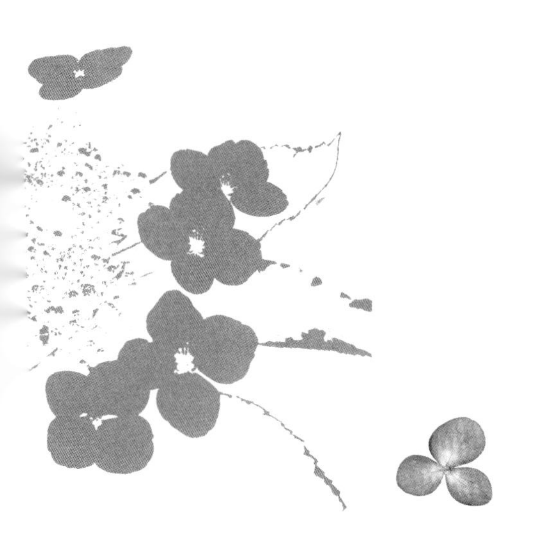

나무는 재촉하지 않으나 게으르지도 않다. 나무는 무심한 듯 여유로워 보이나 그들의 삶은 치열하다. 제 모습대로 살아간다. 햇빛만 있으면 그냥 크는 듯 보이는 나무도 키를 먼저 키울 것인지 몸집을 먼저 키울 것인지 결정할 줄 안다. 가지를 얼마만큼 뻗을 것인지, 자라난 가지를 언제 미련 없이 떨굴 것인지 정확하게 판단하고 실천한다. 자신의 타고난 유전자와 자리에 맞추어 살아간다. 숲에는 근거 없는 여유나 느림의 미학이 존재하지 않는다. 숲은 가장 합리적이고 치열하게 함께 사는 공간이다.

담쟁이는 스파이더맨처럼 담벼락을 기어오른다. 다른 식물

낙엽이 지고도 담벼락에는 담쟁이의 인생 항로가 남아 있다.

을 감고 올라가는 것도 아니고 줄기에서 낸 가지 끝에 빨판을 달아 척척 올라간다. 담과 빨판 사이에 거의 진공상태가 만들어져 붙는 힘이 매우 강하다. 낙엽이 지고도 담벼락에는 빨판이 남긴 인생의 항로가 남아 있다. 태양을 향해 저 높은 곳으로 내달은 담쟁이의 투쟁과 극복의 흔적이다.

작은 들꽃은 대부분 숲의 주변부에서 살아간다. 작은 풀은 깊은 숲 속으로 들어갈수록 큰 나무들의 잎에 가려 빛을 차지 아래로 향한 쇠별꽃 씨앗.

할 수 없기 때문이다. 쇠별꽃은 봄부터 산 입구 어디에서나 볼 수 있는 작고 하얀 앙증맞은 꽃이다. 하도 작은 꽃이라 보고자 하는 이에게만 모습을 드러내는 연약한 들풀이다. 쇠별꽃이 피고 수분을 끝내면 씨앗을 퍼뜨리기 전까지는 꽃대를 잎 아래로 땅을 향해 내린다. 고개 들어 곤충을 부를 일도 끝났으므로 씨앗이 자기 안에서 여무는 과정을 기다린다. 태아를 품은 엄마의 마음과 자세로 돌입한다. 드디어 씨앗이 여물어 세상 밖으로 내보내야 하는 시점에 이르면 꽃대를 곧추세워 조금이라도 멀리 떠나보낼 준비를 한다.

쇠별꽃만 그러한 것이 아니다. 우리 주위에서 쉽게 볼 수 있는 노란 민들레는 꽃을 피울 때는 꽃대를 길게 올리지 않는다.

갓털을 단 민들레 씨앗.

그러나 씨앗을 날릴 때가 되면 자신의 역량이 허락하는 한 높이 키를 키운다. 흔히 홀씨라고 알고 있는 갓털을 날려 보낼 때에는 몇 배로 키를 키운다. 쇠별꽃은 꽃대의 방향을 바꾸고, 민들레는 꽃대의 길이를 키움으로써 각각 효율적이고 적절한 방법으로 삶을 모색하는 것이다. 이렇게도 작은 꽃들을 바라보노라면 일 년이라는 그 짧은 생을 그리도 열심히 살아가는 모습에 감탄하지 않을 수 없다. 아마도 작은 꽃들은 자신의 왜소함을 극복하기 위해 더 많은 지혜를 발휘하는 듯하다.

한 송이처럼 보이는 국화는 사실 가운데 둥근 부분이 수십 송이의 통꽃으로 이루어져 있다. 그 둘레는 우리가 흔히 꽃잎이라 부르는 혀꽃(혀 모양의 꽃)이 있는데 이는 곤충을 부르기 위한 수단이다. 여러 꽃이 모여 한 송이처럼 보이는 전략만으로는 불안한지 이렇게 이루어진 꽃송이들이 잔뜩 여럿이 모여서 핀다. 게다가 향기도 낸다. 자신의 약점을 보완하기 위해 국화는 이렇게 이중 삼중으로 노력하여 곤충의 환심을 사는 데 성공한다.

벌개미취. 짧은 생을 그들은 그리도 열심히 살아간다.

가루받이 전 헛꽃이 위를 향한 산수국과 가루받이를 끝낸 산수국의 헛꽃.

산수국은 한술 더 떠서 작은 꽃들이 모여 피고 그 주변을 헛꽃(가짜 꽃)으로 빙 둘러 장식한다. 사람들은 이 가짜 꽃을 보고 예쁘다고 한다. 진짜 꽃은 가운데 모여 있는 작은 꽃들인데도. 말하자면 액세서리를 달아 곤충을 유혹하는 셈이다. 헛꽃 만들 에너지로 진짜 꽃을 만들면 되지 않나 의문이 들 수도 있겠다. 그러나 진짜 꽃의 수가 매우 많으므로 진짜 꽃을 모두 크게 만드는 것보다 헛꽃을 주변에 다는 게 산수국의 입장에서 더 효율적이다.

가짜라고 허투루 볼 일도 아니다. 헛꽃은 유혹의 자태로 꼿꼿하게 서서 곤충을 불러 진짜 꽃이 열매를 맺도록 한다. 가루받이가 모두 끝나면 자신의 할 일이 끝났으므로 헛꽃은 아래로 처져 더 이상 곤충을 부르는 데 에너지를 소모하지 않는다. 자신의 할 일을 마친 헛꽃은 미련이 없다. 움직이지 못하고 게다가 작기까지 해서 존재감이 없을 수도 있는 이 꽃들의, 삶을 다스리는 지혜는 거의 존경스러울 정도이다. 가짜와 진짜를 논하는 것도 우리 인간의 시선일 따름이다. 헛꽃은, 번식만 도와주는 자신의 존재 의미가 보잘것없다고 분개하지 않는다. 꽃들에게 누가 주인공이고 누가 조연인지 지정하는 것도 우리의 못난 이기심이 아닐지 생각해본다. 나의 부족함을 원망하고 진짜 꽃처럼 보이는 남들 인생을 부러워하던 나는 작은 꽃들 앞에서 오늘 하루를 돌아본다. 이 작은 꽃들에게는 몇 년이나 마찬가지였을 나의 하루는 어떠했는지.

설악산이나 한라산 같은 고산지대에 사는 식물은 바람에 맞서 키를 낮추고 대신 뿌리를 땅속 깊이 내린다. 따라서 같은 잣나무라도 눈(누운)잣나무로 키를 낮추어 적응하며 생존을 모색한다. 또한 고산지대 식물은 강한 햇빛으로부터 꽃과 잎이 손상되는 것을 방지하기 위해 햇빛 차단 역할을 하는 안토시아닌을 증가시키고 카로티노이드 양도 많아져 꽃잎의 색도 진하고 잎도 붉은 기운이 감돈다. 역경을 이겨내는 가운데 아름다운 꽃 색을 가지게 되었다. 힘든 과정을 극복한 사람만이 성숙과 깊이를 지닐 수 있는 것과 다르지 않다.

"인생이 한 번 더 있었으면 좋겠어요. 그냥 평범한 인생을 살아봤으면 좋겠어요." 텔레비전에 방송된 어느 시각장애 중학생 엄마의 인터뷰 내용이다. 어느 날 사고로 시력을 잃은 아이와 엄마는 모두 절망에 빠졌을 것이다. 그러나 아이는 시각장애 탓에 남들보다 더 섬세한 귀를 갖게 되었고 장애를 음악적 재능으로 승화시켜 오케스트라 단원이 되었다. 고산지대의 식물이 더욱 아름다운 색을 발하듯, 살아가는 시간에 최선을 다하는 엄마와 아이의 얼굴은 진정으로 아름답고 깊고 맑았다. 아마도 눈물로 지새웠을 수많은 밤이 그 모자에게 국화의 향기와 민들레의 현명함을 갖도록 만들었으리라.

식물은 움직이지 못한다. 씨앗이 떨어진 자리에서 한 발도 움직일 수 없기에 뿌리를 땅 속에 묻고 온갖 지혜를 짜내었을 것이다. 운명을 탓하며 옆자리를 아무리 탐해본들 소용없고 오로지 신이 주관할 영역이라는 사실을 식물들은 일찌감치 알았을 것이다. 한자리에 선 채로 사랑을 하고 자식을 갖고 또 그들을 멀리 날려 보내기 위해 얼마나 많은 고민을 했을까? 식물들은 제자리에서 매개자를 부르기 위해 향도 만들고 모양도 맞춰보고 유혹의 미끼로 꿀도 만들어본다. 바람 불어도 막아줄 어미도 없고 목이 말라도 어느 누가 물 한 바가지 가져다주지 않는다. 식물의 삶은 이 같은 조건을 극복하기 위한 과정이었기에 지구 상에서 가장 진화한 생명체일지도 모른다.

식물은 자신의 자리에서 고안해낸 지혜로 온 지구를 이토록 아름답게 물들이고, 가장 일차적인 초석을 담당하는 자리를 맡게 되었다. 그들에게 체념이란 없었다. 애초에 주어진 환경을 탓하며 살 수는 없었다. 그들은 '시련'을 이겨내고 삶을 '실현'

한다. 좋은 흙이 아니면 어떻고, 양지바른 곳이 아니면 어떠한가. 비탈진 곳이나 바위 위에 내린 뿌리는 얼마나 멋있는가. 온실 속 에델바이스(솜다리)보다 절벽에 핀 에델바이스야말로 황홀하고 매력적이지 않은가.

신이 부여한 역경을 가장 멋지게 이겨낸 사람을 꼽으라면 나는 헬렌 켈러를 들겠다. 어릴 때 그녀에 대한 책을 읽으며 믿어지지 않을 정도로 충격을 받았다. 보지도 듣지도 말하지도 못하는 삶은 머릿속으로 상상하기도 어려웠기 때문이다. 물론 그녀에겐 훌륭한 스승이 있었지만 정작 장애를 떠안은 사람은 헬렌 켈러였다. 그녀의 삶은 그 자체가 통째로 가르침이다. 그녀의 이야기를 떠올릴 때마다 세상에 탓할 일이란 없다는 생각이 든다. 온전히 천명을 수용했기에 이겨낼 수 있었고, 시대를 막론하고 뭇사람들에게 희망과 위안을 주는 것이다.

벚나무가 꽃을 피웠다. 그런데 줄기라 부르기조차 힘겨워 보이는, 여름에 태풍이라도 한번 불면 한순간에 부러질 것 같은 거의 껍질만 남은 나무였다. 생이 꺼져감을 나무도 알 것이다. 그래도 나무는 마지막 힘을 다해 꽃을 피운다. 모든 상황을 담담하게 받아들이는 듯했다.

씨앗이 절벽 위에 떨어진 천명을 받아들일 때 절벽은 더 이상 씨앗의 취약점이 아니다. 절벽은 나를 빛내줄 배경이다. 너의 계절에, 너의 길을, 너의 보폭만큼씩 가라.

끝까지 꽃을 피우기를 멈추지 않는 벚나무.

식물과 나무의 세계는 신세계이다. 보고 느낄수록 사람보다 낫다는 생각이 든다. 이들은 상황을 탓하거나 생을 포기하는 법이 없다. 어찌 됐든 가급적 함께 가는 법을 택한다. 시인 박남준은 환경을 탓하지 않고 공존을 모색하는 자연의 세계를 '아름다운 관계'로 풀어낸다.

돌도 늙어야 품안이 너른 법
오랜 날이 흘러서야 알게 되었지
그래 아름다운 일이란 때로 늙어갈 수 있기 때문이야
흐르고 흘렀던가
바람에 솔씨 하나 날아와 안겼지

이끼들과 마른풀들의 틈으로
그 작은 것이 뿌리를 내리다니
비가 오면 바위는 조금이라도 더 빗물을 받으려
굳은 몸을 안타깝게 이리저리 틀었지
사랑이었지 가득 찬 마음으로 일어나는 사랑
그리하여 소나무는 자라나 푸른 그늘을 드리우고
바람을 타고 굽이치는 강물 소리 흐르게 하고
새들을 불러 모아 노랫소리 들려주고

뒤돌아본다
산다는 일이 그런 것이라면
삶의 어느 굽이에 나, 풀꽃 한 포기를 위해
몸의 한편 내어준 적 있었는가 피워본 적 있었던가

– 박남준, 「아름다운 관계」 중에서

산다는 일이 소나무 사는 일과 같다면, 정말 우리들은 "삶의 어느 굽이에 나, 풀꽃 한 포기를 위해 / 몸의 한편 내어준 적 있었는가 피워본 적 있었던가" 되묻는 시인의 말에 잠시 멈칫거리게 된다.

나무에게도 풀에게도 생명이 깃든 곳에 시련이 있을 수밖에 없다. "아무것도 키울 수 없던 불모의 바위였지 / 작은 풀씨들이 날아와 싹을 틔웠지만 / 이내 말라버리고 말았어"라고 고해성사 같은 낮은 음성으로 소나무가 말한다. 아무것도 키울 수 없던 불모지는 소나무에게 말라 죽을 수밖에 없는 시련이다. 그런데 그는 어떻게 싹을 틔운 것일까. 시인은 그 답을 '사랑이었지 가득 찬 마음으로 일어나는 사랑'이라고 믿는다. 소나무는 푸른 그늘과 바람, 그리고 강물 소리와 새들의 사랑 때문에 시련을 뚫고 일어서 미래를 도모한 것이다. 한 우주가 열리기 위해, 마음먹기에 따라서 모든 것이 시련이었다가도 실현이 되기도 한다. 소설가 이문구는 『내 몸은 너무 오래 서 있거나 걸어왔다』의 집필 의도를 이렇게 설명했다.

제목으로 쓰인 나무는 나무이되 나무 같지 않은 나무이지요. 그렇다면 덩굴이냐, 덩굴도 아니지요. 풀 같기도 한데 풀도 아니고 그러나 숲을 이루는 데는 제 나름대로 역할을 하는 나무이지요. 꼭 소나무나 전나무, 낙엽송처럼 굵고 우뚝한 황장목 같은 근사한 나무만이 숲을 이루는 건 아니라고 생각합니다. 있는 듯 없는 듯 존재 가치가 희미한, 그러나 자기 줏대와 고집은 뚜렷한 사람들의 이야깁니다. 돈 없고 힘 없는 일년살이들도 숲을 이루는 데는 꼭 필요한 존재라는 것을 말하고 싶었습니다.

–『문학동네』 2000년 여름호 인터뷰 「장산리 왕소나무」 중에서

각자의 이름을 달고 있는 존재들은 자신만의 역할을 분명히 안다. 꽃은 누군가를 의식해서 꽃을 피우지 않는다. 꽃과 나무

그리고 이름 없는 풀조차 자신의 자리에서 역경을 이겨내며 있는 힘을 다해 생을 피워낼 뿐이다. 소소한 그대로의 모습으로 숲을 이루고 자연을 이루는 셈이다. 우리 인생에는 각자가 진짜로 원하는 무언가가 있고, 분명 나만의 '다른 길'이 있다. 소나무가 소나무로 존재하듯 사람도 있는 그대로의 모습으로 각자의 길에서 우뚝 살아내야 한다. 봄이라고 해서 호들갑 떨 것 없이 자연은 모두 그들의 길을 성실히 가고 있을 뿐이다.

> 우리가 날마다 작고 슬픈 밥솥에다
> 쌀을 씻어 헹구고 있는 사이
> 보아라, 죽어서 땅에 떨어진
> 저 가느다란 풀잎에
> 푸르고 생생한 기적이 돌아왔다
>
> 창백한 고목나무에도
> 일제히 눈펄 같은 벚꽃들이 피었다
> 누구의 손이 쓰다듬었을까
> 어디를 다녀와야 다시 봄이 될까
> 나도 그곳에 한번 다녀오고 싶다
>
> – 문정희, 「아름다운 곳」 중에서

우리는 어디를 다녀와야 '다시 봄'이 될 수 있을까. 시인의 화두가 명치를 울린다. 우리가 '날마다 작고 슬픈 밥솥에다 / 쌀을 씻어 헹구고 있는' 일상을 살아낼 때, "죽어서 땅에 떨어진 / 가느다란 풀잎에 / 푸르고 생생한 기적이 돌아왔다"는 사실은 죽음과 삶이 교차하는 지점, 꽃이 떨어진 자리마저 다음 생을 준비하는 지점임을 알려준다. 일상은 기적이다. 일상을 살아내는 것이야말로 푸른 기적을 일구어내는 것이다.

이런 일상을 기적처럼 살아내는 꽃들이 있다. 백두산 고원의 화산 지역에 사는 두메양귀비는 고원의 강한 바람을 피하기 위해 작은 키를 가지고 자갈밭에서 살아남을 궁리를 한다. 웬만한 비바람에도 끄떡없기 위해 바람의 반대 방향으로 몸을 돌려 꽃을 피운다. 바닷가나 척박한 자갈밭에서 볼 수 있는 순비기

바람의 반대 방향으로 몸을 돌려 꽃을 피우는 두메양귀비.

나무는 거센 바닷바람을 피해 몸을 낮추고 옆으로 누워 뿌리를 내린다. 갯까치수염은 강한 일교차를 견디기 위해 잎을 두껍게 하여 반질거리고 윤이 나도록 만들어 빛을 반사시키는 지혜를 알고 있다. 잎이 두꺼울수록 수분을 가득 머금을 수 있다는 것도 그들이 찾아낸 삶의 방식이다.

서순희의 소설 『순비기꽃 언덕에서』는 1970년대 경제 논리에 발맞춘 산업화 시대를 배경으로 모진 풍파와 조우하는 바닷가 사람들을 순비기꽃 같은 사람으로 빗대어 그리고 있다. 문학에서 순비기꽃은 이같이 삶을 자신의 방식대로 적응하고 살아내려는 의지의 상징으로 종종 사용된다. 열악한 환경일수록

잎을 두껍고 윤이 나도록 만들어 빛을 반사시킬 줄 아는 갯까치수염.

꽃을 피우는 것은 어려운 일이다. 함초라고 부르는 퉁퉁마디는 바다에 불은 단풍을 띄운 듯 가을에 아름답다. 바다의 짠물을 이기고 꽃을 피워내는 퉁퉁마디나 칠면초 같은 염생식물은 짠물을 최대한 빼면서 수분을 유지할 수 있도록 자연에 자신의 몸을 적응시킨다. 퉁퉁 불어 있다 해서 퉁퉁마디라고 부르고, 중국에서는 신이 선물한 풀이라고 '신초'라고 하며, 일본에서는 천연기념물로 지정한 바다풀의 일종이다.

바닷가나 고산지대의 들꽃들의 투쟁을 들여다보니 힘이 솟는 느낌이 든다. '강한 자가 살아남은 자가 아니라 살아남은 자가 강한 것'이라는 말은 이를 두고 하는 말인 듯하다. 그러니 살아남아 하고 싶은 일을 다 하고, 하고 싶은 일을 더 찾아보자. 결핍은 욕망의 또 다른 모습이라지만, 결핍을 채우기 위해 투쟁하는 것은 살아 있는 자만의 덕목이다.

당현종과 양귀비의 사랑을 노래했던 백거이가 이번에는 생명력 강한 풀의 모습과 이별의 대조적인 모습을 인상적으로 그리고 있다. 한해살이풀이라 시들었다 다시 무성해진 꽃들이 쥐불에도 타지 않고 봄바람에 돋아나는 생명력을 보면서, 사람들은 끈질긴 생명력을 가진 자신들을 민초(民草)에 비유했던 것이다.

언덕 위에 우거진 저 풀들은

해마다 시들었다 다시 나니

들불도 다 태우지 못하고
봄바람 불면 다시 돋아나네.
아득한 향기 옛 길에 일렁이고
옛 성터엔 푸른 빛 감도는데
그대를 다시 또 보내고 나면
이별의 정만 풀처럼 무성하리.

– 백거이, 「고원의 풀을 읊어 송별하다」 전문

다시 읽어본다. 풀처럼 살아가는 우리의 생명력에 감사와 경외의 마음을 되새기면서, 안분지족(安分知足)의 삶이야말로 진정 풀들이 살아가는 넉넉한 풍경임을 떠올리면서, 술잔을 든 백거이의 모습을 상상하는 가운데 결심이라는 것을 해본다.

달팽이 뿔 위에서 무엇을 다투는가.
부싯돌 번쩍이듯 찰나에 맡긴 이 몸
부귀는 부귀대로 빈천은 빈천대로 즐기리.
입을 벌려 웃지 못하면 그가 곧 바보라네.

– 백거이, 「술잔을 앞에 놓고 2」 전문

달팽이의 뿔같이 좁디좁은 이 생에서 부싯돌의 불꽃처럼 짧은 인생을 살며, 무엇을 위해 바쁘게 뛰어가는지. 하하 웃지 않으면 우리는 바보이다. 그러고 보니 나는 진짜 바보였다. 안도

현의 「애기똥풀」이라는 시 속의 나는 바로 나였으니. 책 속의 꽃이 웃고 있다. 웃지 않으면 정말 바보이다.

나 서른다섯 살 될 때까지
애기똥풀 모르고 살았지요
해마다 어김없이 봄날 돌아올 때마다
그들은 내 얼굴 쳐다보았을 텐데요

코딱지 같은 어여쁜 꽃
다닥다닥 달고 있는 애기똥풀
얼마나 서운했을까요

애기똥풀도 모르는 것이 저기 걸어간다고
저런 것들이 인간의 마을에서 시를 쓴다고

– 안도현, 「애기똥풀」 전문

숲 학교에서 강의를 들으면서 알게 된 꽃의 세계는 나에게 개벽 그 자체였다. 이제까지 꽃에 관해 무지했음을 깨닫는 순간, 문학도인 내가 책으로 읽었던 꽃들이 빛깔과 향기 없는 박제된 드라이플라워였음을 알게 되었다. 생태환경운동가 릭 오배리는 이렇게 말했다. "수족관의 돌고래를 관찰하며 돌고래를 배운다는 것은 디즈니랜드의 미키마우스를 보고 쥐의 생태를 공부하는 것과 같다." 이제 문을 열고 잔뜩 몸을 낮추고, 생명력 가득한 꽃과 나무의 투쟁에 동참할 일만 남았다. 그래야 애기똥풀이 정말 비웃지 않을 것 같다.

문정희의 「늙은 꽃」을 읽어야 할 시간이다. 생명력을 지닌 모든 것들은 순간을 살며, 영원의 씨앗으로 부활한다. 열심히 순간순간 최선을 다하며 생을 꽃피우다 보면, 언젠가 박제된 지식이 아닌 살아 있는 향기를 만나게 되지 않겠는가.

어느 땅에 늙은 꽃이 있으랴

꽃의 생애는 순간이다

아름다움이 무엇인가를 아는 종족의 자존심으로

꽃은 어떤 색으로 피든

필 때 다 써버린다

황홀한 이 규칙을 어긴 꽃은 아직 한 송이도 없다

피 속에 주름과 장수의 유전자가 없는

꽃이 말을 하지 않는다는 것은

더욱 오묘하다

분별 대신

향기라니.

– 문정희, 「늙은 꽃」 전문

에필로그

익숙한 것들과의 결별, 익숙한 것들과의 재회

인문학의 홍수 시대를 산다. 인문학이란 이름 아래, 형식만 조금씩 바꾼 똑같은 내용의 강의들이 여기저기에서 진행되고 있다는 생각을 벗어던질 수 없었다. 늙어 죽을 때까지 인문학을 가지고 사람들과 재미있게 이야기하려고 일찍이 계획을 세운 바 있는 나는 마침내, 인문학이라는 언어로 다른 학문을 변별하지 말아야 온전한 인문학의 시대가 도래한다는 결론에 이르렀다. 요사이 통섭을 강조한다는 것은 통섭, 즉 서로 다른 것을 한데 묶어 새로운 것을 잡는 일이 이 사회에서 어렵고 잘되지 않는다는 것이다. 지금까지 내가 공부했던 인문학이 그렇지 않았을까?

이러한 반성에서 이 글을 자연과학자 친구와 함께 시작하게 되었다. 내가 보지 못한 세상을 친구의 눈과 손을 빌려 보기도 하고 만져도 보았다. 번개 같은 섬광으로 번쩍이던 날들이 여러 번 있었다. 여고 시절, 수학을 잘 못하는 나에게 몇 번이고 공식을 설명하여 이해를 돕고자 하는 친구의 친절함과 명석함에 감탄하던 그 시간을 새록새록 떠올리며 이 글을 썼다. 그 시절로부터 몇 십 년이 흘러, 친구와 나는 함께 오래된 그림의 퍼즐을 맞추듯 원고를 마무리하였다. 처음으로 자기 책을 펴내는 친구에게 비로소 여고 시절의 수학 수업에 대한 빚 갚음을 한 것 같다.

이 책은 나에게 통섭적 인문학을 위한 출발의 시간이었다. 친구와 함께 글을 썼다는 사실도 기쁘지만, 꽃과 나무에 대해 머리를 맞대고 치열하게 글을 만들어간 과정이 더 기뻤다. 다른 분야의 공부를 하면서 살아온 두 친구가 각자 가진 것을 공유하면서 누린 온전한 배움의 시간을 여러 독자들과 나누고 싶었다. 그리고 독자들 역시 다양한 경험을 지인들과 나누고 그것을 결과물로 창조해 보라고 권하고 싶었다. 살아온 세월만큼 모두가 남과 나눌 만한 무언가를 지닌 전문가이다. 살맛 나는 세상이 아니라면, 살맛 나도록 만들어가는 것도 세상이다. 남들과 나누는 과정을 통해, 익숙한 것들과 결별하고, 이제까지 미처 보지 못한 세상을 새롭게 만날 수 있지 않겠는가.

꽃 이야기는 내가 모든 이들과 공유하고 싶은 이야기였다. 내가 속한 중년의 나이는 청년기와 노년기 사이에서 지혜와 용기가 적절히 융합될 수 있는 황금기라고 생각한다. 지금 지혜와 용기를 내어 무언가를 시도한다면 더 나이 들어서도 무엇이든 할 수 있을 것 같다.

고백컨대 나는 손등으로 이 글을 썼다. 이제껏 사용해온 머리와 손이 아닌 전혀 다른 감각과 도구를 사용하여 이 작업에 임했다는 말이다. 그런데 손등으로 쓴 나의 글을 친구는 밤새 읽고 울었다 한다. 내가 친구의 글을 밤새 읽고 울었던 것처럼. 상대방의 어릴 적 모습과 열정을, 우리가 서로 온전히 사랑하고 신뢰하고 있음을 한 글자, 한 문장, 그리고 보이지 않는 행간에서 읽어냈기 때문이리라.

세계적으로 유독 우리나라와 일본만 문과와 이과를 구분한다.

문과생은 감성적이고 이과생은 이성적이며, 문과생의 가슴은 따뜻하고 이과생의 심장은 차갑다는 이분법에 나는 반기를 든다. 문명의 반대는 자연이 아니고, 감성의 반대는 이성이 아니다. 합리적이라는 것은 이치에 맞는다는 뜻이고 나는 합리적으로 살고자 하므로, 감성적이다. 이분법적인 생각은 서로를 배척하게 하는 방법이며 통섭을 방해한다.

각 기업마다 문(文)과 이(理)를 갖춘 창의적 인재를 양성하는 제도가 늘어나고 있다. 바야흐로 통섭의 시대이다. 나와 친구는 서로의 부족한 점을 보완하고 보듬어주는 가운데 이 책을 완성했다. 어려움이 없었던 것은 아니지만 친구의 동행이 있었고, 무엇보다 우리는 아이들처럼 잘 웃는 능력을 공유하고 있었다. 우리는 소똥만 굴러가도 웃는다는 십 대보다 더 잘 웃는다.

책에 넣을 사진을 고르다 보니 일상에서 만나온 작은 꽃들은 정작 공들여 찍어놓은 것이 적다는 것을 알았다. 흔한 것들에 대해 귀중함을 모르고 산 탓이다. 이 책은 익숙한 것들과 재회하여 그들에게서 귀중함을 발견하는 첫 출발이다.

2015년
새로운 떠남과 만남을 기약하며
이명희 · 정영란

인용 도서

- 강신주, 『매달린 절벽에서 손을 뗄 수 있는가?』, 동녘, 2014.
- 강판권, 『어느 인문학자의 나무 세기』, 지성사, 2002.
- 강희안, 『양화소록』, 서윤희 · 이경록 옮김, 눌와, 2012.
- 고려대학교 한국사연구소 고려시대사연구실, 『파한집 역주』, 경인문화사, 2013.
- 고은, 『순간의 꽃』, 문학동네, 2014.
- 권지예, 『붉은 비단보』, 이룸, 2008.
- 김경주, 『나는 이 세상에 없는 계절이다』, 문학과지성사, 2012.
- 김승희, 『흰 나무 아래의 즉흥』, 나남, 2014.
- 김용택, 『그 여자네 집』, 창작과비평사, 1998.
- 김종길, 『천지현황』, 미래사, 1991.
- 김지하, 『애린 2』, 솔, 1995.
- 김춘수, 『꽃을 위한 서시』, 미래사, 1991.
- 김훈, 『자전거 여행 1』, 문학동네, 2014.
- 나태주, 『풀꽃 향기 한 줌』, 푸른길, 2013.
- 다케쿠니 도모야스, 『한일 피시로드, 흥남에서 교토까지』, 오근영 옮김, 따비, 2014.
- 류근, 『상처적 체질시집』, 문학과지성사, 2013.
- 류시화, 『백만 광년의 고독 속에서 한 줄의 시를 읽다』, 연금술사, 2014.
- 매창, 『매창 시집』, 허경진 옮김, 평민사, 2011.
- 문정희, 『나는 문이다』, 뿔, 2007.
- 문정희, 『사랑의 기쁨』, 시월, 2010.
- 문정희, 『다산의 처녀』, 민음사, 2014.
- 박남준, 『다만 흘러가는 것들을 듣는다』, 문학동네, 2000.
- 박노해, 『그러니 그대 사라지지 말아라』, 느린걸음, 2010.
- 박완서, 『그 산이 정말 거기 있었을까』, 웅진, 1995.
- 박완서, 『나목』, 세계사, 1995.
- 백거이, 『비(琵)파(琶)행(行)』, 오세주 옮김, 백시나 엮음, 다산초당, 2005.
- 복효근, 『목련꽃 브라자』, 천년의시작, 2005.
- 서정주, 『미당 시전집』, 민음사, 2001.
- 안도현, 『그리운 여우』, 창작과비평사, 2013.
- 이문구, 「장산리 왕소나무」, 『문학동네』, 2000년 여름호.
- 이선영, 『일찍 늙으매 꽃꿈』, 창작과비평사, 2003.
- 정끝별, 『삼천갑자 복사빛』, 민음사, 2005.
- 정호승, 『눈물이 나면 기차를 타라』, 창작과비평사, 1999.
- 황인숙, 『새는 하늘을 자유롭게 풀어놓고』, 문학과지성사, 1988.